创意写作书系

# 小说写作工具箱
## 125招助你写出爆款故事

【美】詹姆斯·斯科特·贝尔 著
（James Scott Bell）

唐奇 译

中国人民大学出版社
·北京·

# "创意写作书系"顾问委员会

（按姓氏笔画排名）

| | |
|---|---|
| 刁克利 | 中国人民大学 |
| 王安忆 | 复旦大学 |
| 刘震云 | 中国人民大学 |
| 孙　郁 | 中国人民大学 |
| 劳　马 | 中国人民大学 |
| 陈思和 | 复旦大学 |
| 格　非 | 清华大学 |
| 曹文轩 | 北京大学 |
| 阎连科 | 中国人民大学 |
| 梁　鸿 | 中国人民大学 |
| 葛红兵 | 上海大学 |

# 引言

写小说，仅仅合格是不够的。

写得不错也不够。市面上有海量这样的小说（即使算不上汪洋大海，也大差不差）。

现在，我们还要与人工智能竞争。就连机器也能写出过得去的小说！

那么，作家应该怎么办呢？一个作家如何靠自己的小说站稳脚跟，并培养起对职业生涯至关重要的粉丝群？

他们必须做到更多。

这就是本书的内容。我收集和整理了这些技巧，亲身实践过，并把它们教给别人（包括好几位作品入选《纽约时报》畅销书榜的作者）。它们是我三十多年思考、研究和发现的结晶。

1988年，看了电影《月色撩人》（Moonstruck）之后，我决定要成为一名作家。我一直想写小说，但是在大学里，无数次有人告诉我，你不可能学会写小说。这种能力是天生的，你要么有，要么没有。当时看来我似乎没有。

我参加了雷蒙德·卡弗（Raymond Carver）的写作训练营，他是20世纪最受尊敬的作家之一。班上有几名才华横溢的学生。显然，我不是其中的一员。我的故事缺乏独创性。我试着像海明威、梅勒（Mailer）① 甚至卡

---

① 诺曼·梅勒，美国著名作家。——译者注

弗本人那样写作，但我完全不擅长这个。

我更不擅长类型小说。悬疑小说超出了我的能力范围。我以为大师们坐在那里打字时，巧妙而曲折的情节就会自己冒出来。我并不知道他们是先构思一个故事、设计情节，再想办法把各个部分串连起来。所以，当我尝试创作一部悬疑小说时，我写出的都是漫无目的的垃圾。

我问一位英语教授，读什么书能有帮助，他说："忘了写书这回事吧！没有人能通过看书学会写作。作家是天生的，不是培养的。你要么会写作，要么不会。"

在漫长的十年时间里，我一直相信这个天大的谎言。

我读完了法学院，和我妻子一起看《月色撩人》的时候是一名律师。我决定要试试看，能不能从写作指导书中学到东西。

我开始订阅《作家文摘》（Writer's Digest），每月阅读劳伦斯·布洛克（Lawrence Block）写的小说专栏。我申请加入了《作家文摘》读书俱乐部，成批地买书。我手里拿着荧光笔，认真研究了每一个问题。

每次学到什么东西，我就把它记下来，然后（最重要的是）把它应用到我的写作中。

慢慢地，我的写作水平提高了。我从书中学到了东西。我没有一天不阅读或思考关于写作技巧的东西。

我还记笔记。有时候就记在餐巾纸或废纸片上。我保留了所有的笔记，并且经常翻阅。它们现在都还在，塞在一个大档案袋里。

最后，我开始把我的笔记输入到一个 word 文档里，还编了目录。

我最早阅读的写作指导书之一是伦纳德·毕晓普（Leonard Bishop）的《成为伟大的作家：写出好小说的 329 个关键》（Dare to Be a Great Writer：329 Keys to Powerful Fiction）。我喜欢这本书，因为它也是由一系列笔记组成的，顺序是随机的。他和我不谋而合！

这就是我写这本书的目的。这里有我在那些学习写作的日子里记下的许多笔记。有些笔记很短，因为它们只需要那么短。有些则较长。许多条目是最新的，还有一些是从我的小组博客"杀戮地带"中挑选出来的，这个博客是《作家文摘》评选出的"101个最佳作家网站"之一。

许多条目都包含不止一种技巧。总之，这本书中有至少125种工具，可能更多。不管怎样，我现在把它们送给你，并祝你的写作事业取得成功。

# 目录

## 情节和结构

| | |
|---|---|
| 随性派作家如何设计情节 | / 3 |
| 计划派作家如何随性写作 | / 7 |
| 情节生成过程 | / 9 |
| 有力的宣传语 | / 10 |
| 让主人公拒绝冒险 | / 13 |
| 精彩情节的关键 | / 20 |
| 乱糟糟的初稿 | / 21 |
| 完成第二幕的小窍门 | / 22 |
| 渴望与创伤 | / 24 |
| 构思结局 | / 25 |
| 詹姆斯·帕特森是怎么做的 | / 26 |
| 次要情节 | / 28 |

## 人物

| | |
|---|---|
| 情绪和态度 | / 31 |
| 令人刻骨铭心的人物 | / 32 |

- 甜蜜的情绪 / 33
- 令人难忘的配角 / 35
- 让你重回心流状态的人物塑造 / 36
- 成长的人物 / 37
- 内心冲突 / 40
- 快速塑造人物的小窍门 / 41
- 给人物一个梦想 / 42
- 让人物有个性 / 43

# 场景

- 刺激和反应（基础） / 47
- 遵守物理定律 / 50
- 三种类型的开头 / 51
- 把平凡的一天搞砸 / 55
- 从场景到场景 / 59
- 关于过渡 / 61
- 梦境 / 65
- 按照场景而不是章节来思考 / 68
- 增加情感的强度 / 70
- 强化场景的三种简单方法 / 73
- 专业场景 / 77
- 每个场景都要出人意料 / 78
- 机械降惊 / 80
- 闪回 / 82

| 反复斟酌你的结局 | / 86 |
| 打斗场面 | / 88 |

## 对话

| 行动中的对话 | / 97 |
| 善用破折号 | / 98 |
| 让人物说出你想让他们说的话 | / 99 |
| 别给对话贴太多标签 | / 101 |
| 不要过度使用"某人说" | / 103 |

## 语气和风格

| 眼睛说明了一切 | / 107 |
| 形容词 | / 110 |
| 新鲜的细节 | / 111 |
| 新鲜的俗套 | / 112 |
| 多余的词 | / 113 |
| 拓展你的风格 | / 116 |
| 闭着眼睛写作 | / 120 |
| 题记 | / 121 |
| 作家应该使用同义词词典吗？ | / 126 |

## 修订

| 修订清单 | / 132 |

## 作家的心态

| | |
|---|---|
| 小说作家的十诫 | / 141 |
| 相信你是一个作家 | / 145 |
| 教你自己写作 | / 147 |
| 当你刚起步时 | / 149 |
| 像恋爱一样写作 | / 151 |
| 系统性的修改 | / 153 |
| 别让你的小说被老鼠啃了 | / 155 |
| 通过写作来消除嫉妒 | / 159 |
| 一个著名作家会告诉你什么？ | / 160 |
| 使用思维导图 | / 162 |
| 布兰登·桑德森三件套 | / 164 |
| 我喜欢的小贴士 | / 166 |
| 不入虎穴，焉得虎子 | / 168 |
| 成功作家的七个习惯 | / 171 |
| 克服写作障碍的两个诀窍 | / 175 |

## 福利篇1：思维游戏和好故事

| | |
|---|---|
| 疯狂的思维游戏 | / 179 |
| 十天写出一部好小说 | / 181 |

## 福利篇2：看电影

| | |
|---|---|
| 《生活多美好》 | / 187 |
| 《教父》 | / 193 |

| 《卡萨布兰卡》 | / 198 |

## 福利篇 3：梗概

| 写梗概 | / 205 |

作者笔记 　　　　　　　　　　　　　　　　　　　/ 211

詹姆斯·斯科特·贝尔的惊悚小说　　　　　　　　 / 213

## 情节和结构

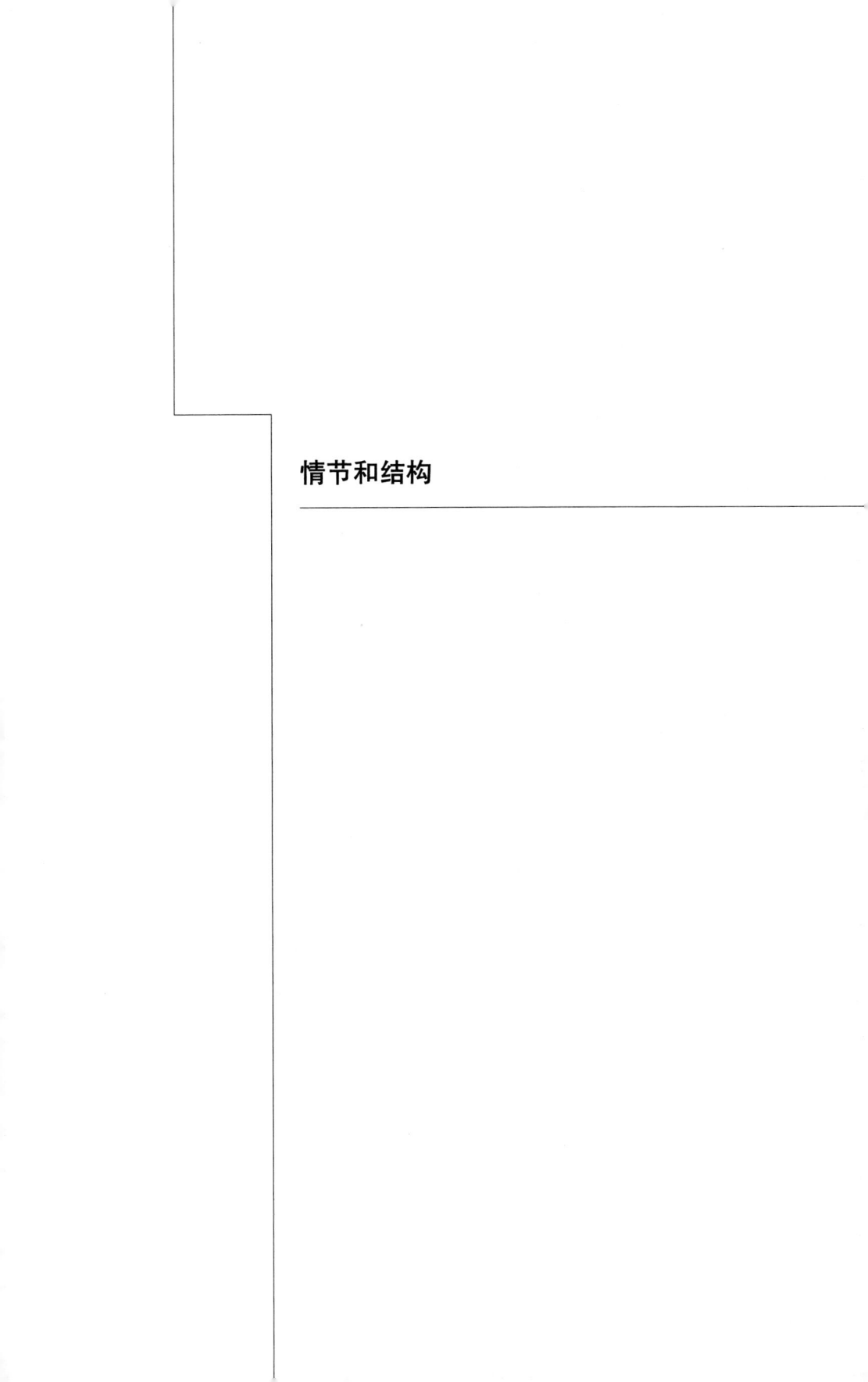

- 随性派作家如何设计情节
- 计划派作家如何随性写作
- 情节生成过程
- 有力的宣传语
- 让主人公拒绝冒险
- 精彩情节的关键
- 乱糟糟的初稿
- 完成第二幕的小窍门
- 渴望与创伤
- 构思结局
- 詹姆斯·帕特森是怎么做的
- 次要情节

## 随性派作家如何设计情节

如果你是一个"发现派作家"（更为人所熟知的说法是"随性派作家"），我要给你一些关于情节设计的建议。别起鸡皮疙瘩！你可能以为，我会让你建立一个庞大的文档，无情地锁定每一个场景，不允许修改。

不，不是这样。我将提供一种方法，使情节设计与"纯粹的"随性写作一样有趣，而且最终更有成效。

这种方法基于我所谓的路标场景。我建议你通过头脑风暴，想出三个——只要三个——这样的路标场景，作为情节设计的基础。它们是：

### 1. 乱子

这是你的开头，是你吸引读者的"钩子"，是决定你的书能否畅销的关键。

我喜欢在第一页、第一段甚至第一行就看到乱子。这是一个打乱人物的"日常世界"的事件（一件正在**发生**的事情）。它预示着麻烦。它不需要像枪战或追车那样"大"，可以小到半夜里的一通电话。

关键在于预示未来的麻烦。电影《绿野仙踪》（The Wizard of Oz）的开场镜头是多萝西（Dorothy）跑回她的日常世界，但是回头一看，有人在追她。

在电影《乱世佳人》（Gone with the Wind）的开头，斯嘉丽·奥哈拉（Scarlett O'Hara）正在她的日常世界里聊天。然后，一个人宣布了艾希礼·威尔克斯（Ashley Wilkes）要和玫兰妮·汉密尔顿（Melanie Hamilton）结婚的消息。这个重磅消息打乱了斯嘉丽，因为**她自己**想要嫁给艾希礼。

之后有着无穷无尽的可能性。

通过头脑风暴，想出开头的这个乱子。想到什么就写什么！我喜欢写开头，尤其是从一开始就能抓住读者领子的那种。你也可以先写一个提要，然后不断修改，直到这个场景成型。

看！你在列大纲呢！嘿！

## 2. 最后的战斗

没错。想出一个了不起的结局！

**随性派作家**：但是等一下。我还不知道情节是怎么回事，更不用说反派是谁了！

**我**：那又怎样？你是个随性派作家，不是吗？那就随性地写！搞个大高潮。让**它**告诉你故事是怎么回事。围绕这个场景做文章。在你的脑海里看到它，就像看电影一样。然后让演员们再表演一遍，只不过更夸张、更有激情。

别出冷汗！听着：写初稿时，你可以随心所欲地调整或改变这个场景。但是在脑海中有了这个场景，你就有了写作的目标。

通常——实际上经常如此——我脑海中会有一个结局和反派，以及最后的战斗，但是快写到结尾时，反派却换了人。你知道这叫什么吗？反转结局！

所以现在，你有了一个扣人心弦的开头和一个轰轰烈烈的结局，这是大纲的基本组成部分。

看到这是多么有趣了吗？

## 3. 镜像时刻

作为一个随性派作家，你一般要花多长时间才能知道你的故事究竟是关于什么的？不确定，对吧？你可能很早就知道了，也可能直到初稿快写完时才发现。还有一种可能，你已经写完了初稿，然后坐下来问自己："我都写了些什么？怎么才能把它改好一点？"

为什么不从一开始就用镜像时刻来解决这个问题呢？

我是在研究伟大电影和流行小说的中段时想到这个概念的。推荐自己的书可能有点厚脸皮，不过我在《从中间开始写小说》（Write Your Novel from the Middle）一书中对此进行了深入的探讨。要点是：

在小说的中间，主人公必须认真审视自己的内心，就好像站在一面灵魂的"镜子"面前。他看到了对他人造成影响的道德缺陷，然后想：这是真正的我吗？我要继续做这样的人吗？我怎样才能做出改变？

小说接下来的部分就要回答这些问题。

还有另一种类型的镜像时刻：主人公陷入走投无路的境地，然后想："我可能要死了。"就像《饥饿游戏》（The Hunger Games）中的凯特尼斯（Katniss）一样。

在这种情况下，故事接下来的部分就要回答，主人公能否找到生存下去的力量和勇气。

通过头脑风暴想出至少五个镜像时刻。在行动的正中心，主人公必须面对自己内心的什么东西？至少其中一个能够引起共鸣，让你感觉是对的。然后，当你开始认真地随性写作，你就会有一条贯穿始终的情节线，使你所有的场景拥有一种近乎神奇的凝聚力。这**真**的很有趣。

现在你已经有了三个路标场景——这一点也不难，不是吗？——我建议你通过头脑风暴想出更多的**"杀手场景"**。

什么是杀手场景？就是一个充满冲突和悬念的场景。一个让读者无法移开视线的场景。

我把你的潜意识称为"地下室男孩"，让他们开始把好点子送上来（男孩们喜欢这样！）。

过去，我会带着一叠3×5英寸①的卡片去星巴克，畅饮咖啡，想出20到25个杀手场景。然后洗牌，看着它们，选出10张最好的。然后我会问，这些场景放在哪里最合适——开头、中间还是结尾？（呃，听起来

---

① 1英寸约合2.54厘米。——译者注

像一个三幕结构,是不是?)我现在还会做同样的事,只不过换成了用 Scrivener 软件来做(详见后文)。

随性派作家们,在飞机上构思杀手场景是一个好办法!你会喜欢的。

然后,你可以坐下来评估这份迅速成型的情节大纲。有些地方想修改?再做一些卡片。你不需要**将自己锁定在一份完整的初稿中**,就可以测试不同的情节方向。来听听一位前随性派作家是怎么说的:

老实说,在真正掌握计划的窍门之前,我自己也很难相信列大纲是一件有趣的事。真的吗?做计划真的很有趣。它允许你探索所有的场景和机会,而不必面对没完没了的重写。

想象一个人物站在十字路口。向左转是善,向右转是恶。向上是冒险,向下是回家。他会选择哪条路?

如果是一位随性派作家,他将不得不选择其中一个方向,走下去,看看它最后会通向哪里。他可能写出一本精彩的书,也可能在白白写出 50 页无用的素材之后,才意识到人物宁愿选择另一条道路。

但做计划不是这样。做计划时,很容易列出每一种可能性,跟随每一个突发奇想,感受每一条故事线。你可以尝试最疯狂的故事情节,测试最荒谬的理论,只是为了看看它们行不行得通。因为只有在做好计划之后才会开始写作,所以,如果你事先发现这些场景行不通,就不必浪费时间去把它们写出来。

你可以这样想,为一部小说做计划就是花一段时间,探索你对这本书所有愚蠢和奇妙的想法并沉浸其中。把你的点子都掏出来,然后决定哪些要写进书里。

归根结底,计划只是计划。

## 计划派作家如何随性写作

如果你是一个喜欢提前设计情节的计划派作家,当你开始规划场景时,前一节给出的方法同样有用。在列大纲时享受随性的乐趣,像你随性写作的伙伴们一样放纵自己,在开始漫长的初稿写作之前自由地修改一切。

你比纯粹的随性派作家更注重结构,记住这一点,然后拿出你的卡片。我用3×5英寸的索引卡设计情节。正如前面提到的,我也用Scrivener做这个。我的开始模板是待填写的路标场景卡片。然后,当我想到新点子,就在它们之间加入场景卡片。我喜欢看到我的大纲在Scrivener的公告板上不断生长,自由地把卡片移到我觉得合适的位置。(我知道,你们当中许多人看过Scrivener的界面,觉得它太复杂了,不好学。但是,如果你只用公告板这一个功能,我认为这个软件还是值得学习的。其他功能可以以后再说。)

我的卡片有标题,所以我一眼就能知道它是哪个场景。卡片本身可以只包含场景梗概,也可以包含潜在的大块内容。我经常为每个场景写一些对话,因为这很有趣。我会把它们转移到场景卡片上。

在这个阶段,我只专注于最重要的场景。我没有考虑过渡或风格。我考虑的是深入探索那些令我兴奋的情节。

我会用几天或一个星期的时间做出所有场景的梗概或片段。Scrivener可以把它们打印出来,这样你就可以坐下来阅读全部内容。它们就像你小说的CliffsNotes[①]。"整个"故事都展现在你眼前。

---

[①] 一个文学学习向导软件,只要列出所需书目,CliffsNotes将自动整理出每个章节的重点、人物、主题和情节,给出摘要。——译者注

有些地方需要修改？也许很多地方都需要修改？好极了！动手去改。没有任何东西束缚你。你可以尝试走另一条路线去圣何塞（San Jose）。

给你一个建议：在每本小说中尝试一些新方法。探索其他方法。给新技术一个机会，可能有令你惊喜的新发现。

## 情节生成过程

来自我的笔记本（带注释）

为 14 个路标场景划重点和做标记（使用 Scrivener）。用它们来构思场景和次要情节。

注：正如你看到的，我自始至终用 Scrivener 写作（最后的编辑使用 Word）。14 个路标场景来自我的《超级结构》（*Super Structure*）[①]一书。

针对第 13 张卡片"最后的战斗"，通过头脑风暴想出一个反转结局。

添加第 15 张卡片——"影子故事"，讲述坏人在台面下做了什么，确保至少有一个次要人物拥有秘密的或阴暗的动机。

添加第 16 张卡片——"电梯演讲"，你可以在写作过程中不断调整它。

在另一个文件夹中创建人物卡片。

开始将初步的场景卡片放在活页夹中你认为合适的位置。

你可以把重点文档打印出来，这就是一份不错的大纲。

---

[①] 《超级结构》一书由中国人民大学出版社于 2019 年推出中文版。此处提到的 14 处路标场景，可参阅《超级结构》一书。——译者注

## 有力的宣传语

我是老派通俗杂志的粉丝。它们就像薄煎饼，卖给那些只想要富有娱乐性的故事的大众读者。这些杂志想要畅销，首先要有一个吸引人的封面。因为主要读者是男性，所以硬汉和美女是最常见的元素。例如，《诡丽幻谭》（Weird Tales）的招牌就是那些来自其他世界的衣着暴露的女郎。

然后要靠故事的标题和作者的名字来达成销售。一个像《擂台谋杀案》（Murder in the Ring）这样有趣的标题，或者像加德纳（Gardner）、钱德勒（Chandler）、哈梅特（Hammett）或巴拉德（Ballard）这样流行的名字会激励读者买双份。

20世纪50年代，封面变得更加色情。《机密侦探》（Confidential Detective）是这方面的潮流引领者。其中的故事是非虚构的，还配有照片（封面上醒目地写着："每个故事都是真实的！"）。但销售原则是一样的。用封面吸引眼球，用标题和宣传语让读者掏钱。

比如1960年4月这期《机密侦探》封面上，醒目位置是迷人的金发女郎。标题迎合我们对犯罪心理的好奇心，尤其是性方面的好奇心。

这期杂志的目录附有如下简介：

**大时代的黑帮老大和厄运的金发女郎**

她身后留下了一连串的厄运——尤其是对黑道上的伙计们而言。但是小奥吉没有被吓倒——直到那一晚，她的厄运降临到了他头上。

**她捅了他一刀——她不会跟别人分享男人！**

她猛地把刀子刺进他的胸膛——一直没到刀柄。然后，她从他手中夺过听筒，对电话另一端的金发女郎大声喊道："听见他的呻吟了吗……我杀了他!"

**双双殒命——后门情人的复仇!**

城市的每一个角落、每一个酒吧里,都流传着关于法官的漂亮妻子的流言蜚语。然后,一天晚上,流言得到了证实——通过子弹和鲜血……

**火炬杀手地狱猫**

吞噬她情敌身体的火焰燃烧了好几个小时,但没有销毁金发女郎愤怒激情的所有证据。

**一连串红发女郎的墓碑**

一个接一个,弗兰基向他的女孩们允诺月亮、爱情和婚姻……但是,当她们想要他兑现承诺时,他给她们的是冷血的谋杀。

**嫉妒杀死了夜总会的女主人**

"放下枪,"她恳求道,"我永远、永远不会移情别恋。"

**"所有的女人都为我而死!"**

一个令人震惊的故事!一个一流的花花公子用谎言、重婚甚至谋杀来控制他的猎物。

这些杂志有营销人员,他们的主要任务就是想出"有力的宣传语"。为你的项目写一段宣传语,是一项有趣而富有创造性的练习。它迫使你弄清楚这本书的商业吸引力究竟在哪里。在列大纲或随性写作的过程中,尽早创作出这段宣传语,将使你朝着正确的方向前进。

注意,这不是你实际的封底文字或内容简介(除非你愿意!)。这主要是写给你自己的,可以调整和改进,直到它发出有力的召唤——**买下这本书!**

例如,下面这些著名的畅销书都拥有有力的宣传语。

**《沉默的羔羊》**（*The Silence of the Lambs*）

**他吃了一个人口调查员——我不喜欢他看着我的样子！**

一个吃人肉的杰出精神病学家，一个受屠宰羔羊噩梦困扰的联邦调查局年轻实习生，谁能智胜一筹？他们两人能擦出火花吗？

**《老人与海》**（*The Old Man and the Sea*）

**饥饿的食人鲨包围了他的小船！**

他只是一个老渔夫，钓到了一生难求的大鱼——但是死神般的血盆大口却不肯让他带走他的战利品！

**《了不起的盖茨比》**（*The Great Gatsby*）

**爱上别人的妻子！**

"她是我的，老伙计，"他告诉他的朋友，"我一定要把她夺回来。"

**《1984》**

**他们说他是我的老大哥，但他只想把我变成他的奴隶！**

他知道二加二等于四——直到他们把他的脑子搞得一团糟。

**《罗密欧的规则》**（*Romeo's Rules*）

**坏蛋们打赌他们能杀了他——他让他们付出了代价。**

"我被绑住了。双手在身后。像胎儿一样躺在坚硬的地板上。我生气了。"

用你现在正在写作的项目或新点子试试看。这将让你像一个喜欢耸人听闻的广告文案撰稿人一样思考，使你的情节更有吸引力。

## 让主人公拒绝冒险

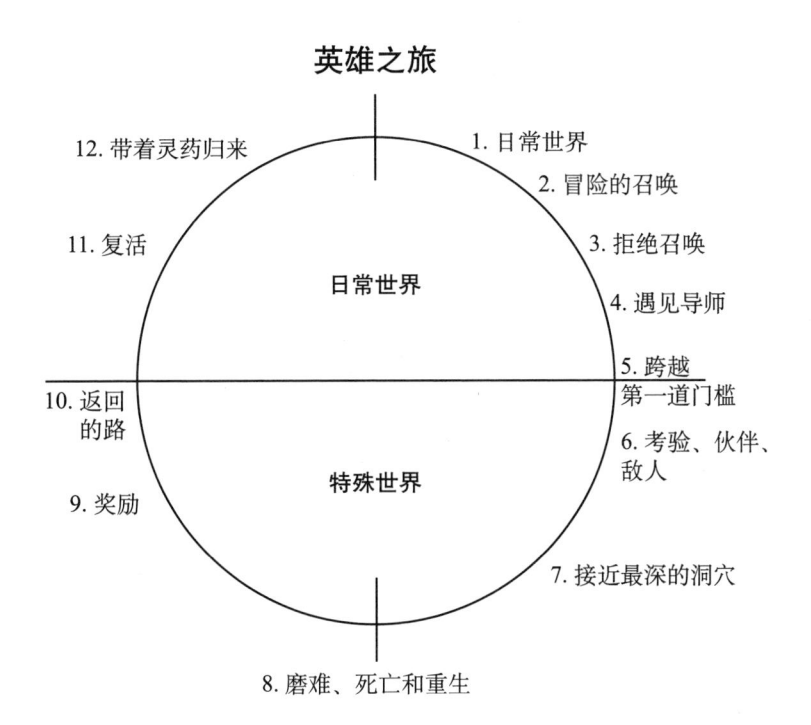

**英雄之旅**

- 12. 带着灵药归来
- 1. 日常世界
- 2. 冒险的召唤
- 11. 复活
- 3. 拒绝召唤
- 日常世界
- 4. 遇见导师
- 5. 跨越第一道门槛
- 10. 返回的路
- 6. 考验、伙伴、敌人
- 特殊世界
- 9. 奖励
- 7. 接近最深的洞穴
- 8. 磨难、死亡和重生

英雄之旅[①]是从日常世界开始的，英雄受到冒险的召唤——邀请、渴望、诱惑或者信息。但是英雄一开始拒绝了。直到后来，他才会被推过门槛（我称之为"不归之门"），进入"特殊世界"。

这个节拍有什么意义？正如我的朋友兼教学伙伴克里斯托弗·沃格勒（Christopher Vogler）在他的写作指导书《作家之旅》（*The Writer's Journey*）中所说的：

---

[①] 摘自克里斯托弗·沃格勒的《作家之旅》，经授权使用。

在真正的旅程开始以前，路途上的停滞有着非常重要的戏剧性功能，它向观众发出信号：冒险是危险的。它不是随随便便的行动，而是一场充满危险且赌注甚高的赌局，赌的是英雄的运气和性命。

换句话说，它让读者相信，一旦英雄进入第二幕，死亡——身体上、职业上或心理上的——就真的近在眼前了。

例如，《星球大战》（Star Wars）故事中，卢克·天行者（Luke Skywalker）看到了莱娅公主（Princess Leia）向欧比旺·克诺比（Obi-Wan Kenobi）寻求帮助的全息图。卢克想知道她指的是不是"老本·克诺比"。后来，卢克找到了本，他果然就是欧比旺。本看了莱娅请求他帮忙对抗帝国的完整信息。然后，本邀请卢克加入冒险，但是卢克拒绝了：

本：你必须要学学使用原力的方法，如果你和我去阿尔德兰的话。

卢克：阿尔德兰？我不去阿尔德兰。我要回家。很晚了，我只能做这么多了。

本：我需要你的帮助，卢克。她也需要你的帮助。对于这种事情来说我已经老了。

卢克：我不该卷入的！我还有工作要做！我不喜欢帝国。我憎恨它！但是我现在什么都做不了。而且到阿尔德兰有很远的一段路。

本：这是你叔叔的口气。

卢克：哦，天哪，我叔叔。我该怎么解释这个？

本：学习使用原力吧，卢克。

卢克：听着，最远我可以送你到锚头镇。在那里你可以换乘运输机去莫斯艾斯利，或者其他任何你想去的地方。

本：当然，你必须做你认为对的事情。

再看另一个例子。在《绿野仙踪》中，多萝西被召唤去冒险，是因为她渴望找到一个没有麻烦的地方。她准备逃跑。但是后来，她遇到了惊奇教授（Professor Marvel）。他知道了是怎么回事，用感情牌让多萝西拒绝召唤。他看着自己的水晶球，假装看到了一个穿着波点连衣裙的老妇人。"她为什么在哭？有人伤害了她。有人伤了她的心。"多萝西相信了，她回到了农场。（在神话体系中，惊奇教授扮演的是导师的角色，他们经常作为英雄的良心出现在第一幕。）

在这两个例子中，拒绝召唤都与责任有关。具体来说，就是家庭责任。

另一种类型的责任是职业责任。在我最喜欢的电影《原野奇侠》（Shane，1953）中，逃离过去的神秘枪手沙恩（Shane）为乔·斯塔雷特（Joe Starrett）工作。乔告诉沙恩，不要在酒吧里惹牛仔们。沙恩第一次出现就被一个牛仔侮辱了。这是一个反击的召唤。但是沙恩拒绝了召唤，因为他要对他的恩人负责。为此，他被另一个农场主贴上了懦夫的标签。

后来，当他知道为了小镇的利益，他必须迈出这一步，他给了侮辱他的人一记重拳，回应了召唤。然后，他被整个帮派包围了——直到乔也加入了战斗，并帮助沙恩打败了对手。这使他们两人都跨过了门槛，走到了生死关头。

还有一种拒绝出于自我怀疑或恐惧。《洛奇》（Rocky）就是一个著名的例子。斗牛犬似的拳击手洛奇·巴尔博厄（Rocky Balboa）受到一场大冒险的召唤——与世界重量级冠军比赛！

洛奇立刻说："不。"被问到原因时，他解释说："我是个笨蛋。这家伙是最棒的。这不会是一场精彩的比赛。"这样一来，在洛奇接受挑战之前，赌注就被设定在了最高水平。

我和克里斯托弗通过电子邮件聊过这个话题，他补充了另一种形式的拒绝[①]：

> 还有一种让英雄拒绝召唤的主要类型：痛苦的经历。这就是为什么硬汉派的侦探一开始总是拒绝接下案子。他们凭直觉知道，调

---

① 经许可转载。

查将把他们引向危险的地方，让他们与死神擦肩而过，或者让他们关心的人失去生命。你也可以在霍普-克罗斯比（Hope-Crosby）之旅这样的喜剧电影中看到这一点，两个人都不放心采用对方的计划，因为过去的经验证明那样很危险。在浪漫喜剧中，心碎过的人不愿意再次敞开心扉。

《卡萨布兰卡》（*Casablanca*）是痛苦经历的一个典型例子。纳粹占领前夕，里克·布莱恩（Rick Blaine）心爱的女人伊尔莎·伦德（Ilsa Lund）把他丢在了巴黎，他的心都碎了。他来到卡萨布兰卡，开了一家酒馆，想要忘记她。他的酒馆能够继续开门，是因为在战争中保持中立。冒险的召唤出现了：骗子犹加特（Ugarte）为了得到价值连城的通行证杀害了德国信使，让里克把他藏起来，躲避警察的追捕。里克拒绝了，留下了那句经典的台词："我绝不为任何人舍命。"

## 战胜拒绝

英雄拒绝召唤。然后，会有什么事情把他推过门槛。

在《星球大战》中，卢克的叔叔和婶婶被帝国的暴风兵杀死了。家庭的责任解除了，卢克有了理由和机会加入反抗军。

或者英雄也可以自己摆脱责任。多萝西就被一场龙卷风带离堪萨斯，来到了奥兹国。

在《卡萨布兰卡》(痛苦的经历)中，伊尔莎和她的丈夫、自由战士维克多·拉斯罗（Victor Laszlo）出现在里克的酒馆。通过这种方式，里克被迫越过了门槛，因为他的日常世界已经变成特殊世界（虽然这不是他的选择！），现在他必须面对自己矛盾的感情，决定是帮助伊尔莎和维克多，还是置身事外。

出于恐惧或自我怀疑的拒绝必须用强烈的情绪冲击来克服。在《海底总动员》(Finding Nemo)中，因为过去的创伤，小丑鱼尼莫（Nemo）的父亲马林（Marlin）害怕开阔的海洋——梭鱼的袭击杀死了他的妻子卡萝尔（Coral）和他们大部分的卵。因此，他过度保护儿子尼莫。尼莫不断地召唤他的父亲去冒险——探索海洋、寻找海龟等。但是马林都拒绝了。他对自己保护儿子的能力充满了恐惧和自我怀疑。

那么，是什么样的情绪冲击迫使他进入了开阔海洋的黑暗世界呢？尼莫被潜水员抓走了！马林别无选择，他必须找到尼莫！又是家庭责任——或许是所有情感中最强烈的——只不过这一次，成为推动英雄跨过门槛的刺激因素。如果我们之前没有通过拒绝召唤理解马林的恐惧，就不会认识到随后的旅程那么有深度。

拒绝召唤是故事结构的一个有用工具。因为它发生得很早——在第一幕中的某处——既可以随性创作也可以提前计划。有了这个节拍，它就会告诉你关于主要人物的许多东西，并为背景故事提供素材。

可以参考下列问题：

● 主人公有什么理由拒绝冒险的召唤？是关于责任，是由于家庭关系，还是恐惧、自我怀疑或痛苦的经历？

● 这种拒绝的前提是什么？过去的创伤现在还在困扰着主人公？他心碎了吗？

● 什么事件强大到足以让主人公战胜这种拒绝？如何增加这个事件的情感强度？

踏上旅程吧！

## 精彩情节的关键

在我的写作笔记本中,最早的条目之一是一份清单,列出了"精彩情节的关键"。多年来,我一直在对这份清单进行补充和完善。内容如下:

- 用于人物、背景和职业的新概念。
- 找到能让观众为英雄欢呼的中心主题。(提示:研究一下流行的广告!)
- 弱点和令人同情的背景故事。
- 在每个场景中,问问人物的情感是什么。
- 在某种意义上,主人公"高于生活",即使他是个普通人(他会做什么了不起的事?)。
- 用乱子和谜团开场。
- 爱情伴侣:但要保证爱人是对手[就像《码头风云》(Waterfront)中的特里·马洛伊(Terry Malloy)和伊蒂(Edie)……必须有一方做出重要的改变,否则这两个人不可能在一起]。
- 主人公为了公平/正义与坏人顽强抗争。
- 主人公拥有某种形式的小聪明。
- 每个场景里都应该有一点出人意料的东西。
- 不断让事情变得更糟。
- 动作、运动,如果可能再加上滴答作响的时钟。
- 为读者服务。给他们娱乐,让他们逃避现实、享受阅读。

## 乱糟糟的初稿

来自我的笔记本

用最快的速度写,全用大写字母,跳过一些部分。先把初稿写完。来回查看大纲和初稿。

这仍然让我兴奋。无论你是随性派还是计划派,在写初稿时,你都在发现新事物。但是不可避免地,有时候写到某个地方,你会感觉写不下去了。

## 完成第二幕的小窍门

斯蒂芬·J. 坎内尔（Stephen J. Cannell）是一位非常成功的电视编剧[代表作有《破茧飞龙》(*The Rockford Files*)]，后来成为一位畅销小说作家。在一篇关于三幕结构的文章中，坎内尔提供了一个他在第二幕卡壳时使用的"小窍门"：

> 当我们把事情搞得足够复杂并进入第二幕，有时候会陷入困境。"我现在应该怎么办？""主人公现在要到哪里去？"在第二幕中，情节通常开始变得线性（作者要描写人物沿着某条路线行进、敲门、获取信息）。这是最枯燥的部分。我们会感到沮丧，甚至想放弃。
>
> 这里有一个非常实用的技巧：写到这个地方时，绕到对面去，扮演对手。你可能没有给过他足够的关注。现在你进入了他的头脑，从他的角度回顾目前为止的故事。
>
> "等一下……洛克福德去了我的夜总会，问我的酒保我住在哪儿。这个洛克福德是谁？有人知道他的地址吗？他的车牌号？我要找出他住在哪里！让我们去他的拖车搜查一番。"或许在他的床垫底下，大块头找到了他的枪（在实际的洛克福德故事中，枪藏在他的奥利奥饼干桶里）。他的私人侦探执照挂在墙上。现在，大块头知道私人侦探在调查他了。好吧，让我们用他的枪杀死下一个受害者。洛克福德被逮捕了，罪名是谋杀。第二幕结束。
>
> 看到这有多简单了吗？破坏英雄的计划。现在他要进毒气室了。
>
> 我称之为"影子故事"。这就是"屏幕背后"（或者如果你愿意的话，也可以说"纸面背后"）发生的故事。在写作过程中同时记录影子故事，

对侦探小说和惊悚小说尤其有帮助。时不时停下来,问问自己:不在当前场景中的所有主要人物都在做什么。他们在计划什么?他们的动机是什么?他们的秘密和欲望是什么?

影子故事会给你提供足够多的情节素材,让你写完小说漫长的中段。

## 渴望与创伤

**来自我的笔记本**

渴望。深深的希望。深沉的梦或欲望。让我完整,或者让整个世界完整。《月色撩人》中的洛丽塔:

渴望——爱情。当她从卡尔米内手里接过花时。甜蜜。

创伤——认为爱情是不可能的。她的未婚夫被公共汽车撞了。我运气不好!

冒险——再试一次,看看爱情是否可能。(去歌剧院见罗尼之前,她做了头发。)

在我看来,这是一个使情节更深刻、更有力的好办法。这是人物内心的斗争。经过思考,我又补充了两条关于渴望与创伤的笔记:

阿提库斯渴望成为一个好父亲。他的创伤是失去了妻子。

凯特尼斯渴望自由。她的创伤是她父亲的死……这使她认为不可能找到自由。

她不抱希望了。"我不想要孩子。"

在你正在写作的项目中考虑这个问题。而且不要只考虑主要人物。例如,《月色撩人》中的罗尼渴望一个继续活下去的理由。他的创伤是当他被面包切片机切到手时,他的未婚妻抛弃了他。

当洛丽塔和罗尼开始他们的激情之夜时,罗尼说:"我不敢相信这一切发生了。我本来已经死了。"

"我也是。"洛丽塔回答。

## 构思结局

来自我的笔记本

构思结局时：

（1）反复斟酌。

（2）思考你想要的结局的类型：最后的战斗，最后的选择，牺牲，等等。最好在你已经深入这部小说或列好大纲后再构思。

（3）想想你希望给读者什么样的"感觉"。然后再开始制订具体的计划。

（4）当你睡觉时，让地下室男孩们努力工作。

（5）来回走走，大声自言自语。

（6）给自己写一封信。

（7）在写最后一个场景时听音乐。

（8）想象一个你崇拜的作家会给你提什么建议。

（9）深入每个主要人物的头脑，从他们的视角、尽他们最大的努力看待这个故事。

（10）列出20个可能的结局，每个结局一到两行。

## 詹姆斯·帕特森是怎么做的

读过詹姆斯·帕特森（James Patterson）[①] 的几部小说后，我在笔记本上记下了我注意到的三件事，在每一条下面又补充了一些我的想法。

### 1. 快速启动

很明显。帕特森在开头的段落中做了所有能够掐住你脖子的事。例如：

**《不惧邪恶》**（*Fear No Evil*）

马修·巴特勒把头靠向一边，打量着面前的金发女郎。明亮的荧光灯照在混凝土地板上，她戴着手铐，被绑在一张沉重的橡木椅子上。

**《逃脱》**（*Escape*）

他就在这里的某个地方。我知道。那个女孩可能还活着。

女孩：15岁的布里奇特·莱昂内，44小时前在海德公园门口的街道上被绑架。

**《2次机会》**（*2nd Chance*）

艾伦·温斯洛永远不会忘记接下来的几分钟，当他刚分辨出那可怕的声音的一瞬间，它们就已撕裂了夜空……他浑身冰凉，不敢相信有人竟在居民区内用高能步枪射击。[②]

---

[①] 詹姆斯·帕特森，美国著名推理惊悚小说作家。——译者注
[②] 帕特森. 2次机会. 罗明威，译. 上海：上海译文出版社，2005. ——译者注

## 2. 尽早加入具体的背景故事

一些老师说，你不应该在前 30 页或 40 页加入任何背景故事。这是一个错误。将战略性的背景故事融入"快速启动"的开场章节，能够将读者和人物牢牢地绑定在一起。

在《救生员》(*Lifeguard*)中，背景故事是主人公在费城艰辛的成长经历。写得很具体，因为显然做过研究。这让人物有了坚实的现实基础。

需要避免的错误是陷入背景故事。不要把背景故事一次全部讲完。

## 3. 告诉我们一些我们不知道的事情

尤其是在专业化的作品中。把细节放在前面。斯蒂芬·金（Stephen King）也是这样说的：人们喜欢阅读他们不熟悉的作品。

这三点将读者与危机中的人物紧密联结在一起，这正是通俗小说的精髓。

# 次要情节

摘自斯蒂芬·J. 坎内尔关于电影剧本创作的一次演讲：

对于新手作家来说，创作好的次要情节有时候是一项很难掌握的技能。记住：就像主要情节线有三幕结构一样，次要情节线也是如此。一个好的次要情节有转折点、清晰的背景设定、冲突的解决和结局。通常情况下，次要情节的转折点会在主要情节的转折点之前，或者紧接着主要情节的转折点出现，从而强化主线。传统上，作家用次要情节来比较在解决同样的问题时，英雄的方法与其他人物的方法有什么不同。例如：《哈姆雷特》中的次要情节人物是谁？雷欧提斯（Laertes）——波洛涅斯（Polonius）的儿子。雷欧提斯面临着与哈姆雷特同样的问题："我在那张脸上看到自己的影子。"如果你要使用次要情节，一个关键规则是，次要情节应该以某种方式影响英雄的故事。不要只是因为你觉得需要一个次要情节就写一个。次要情节必须以某种有趣的方式与主要情节或主要人物联系在一起，使读者重新认识主线故事，而不仅仅是东拉西扯。

人　物

- 情绪和态度
- 令人刻骨铭心的人物
- 甜蜜的情绪
- 令人难忘的配角
- 让你重回心流状态的人物塑造
- 成长的人物
- 内心冲突
- 快速塑造人物的小窍门
- 给人物一个梦想
- 让人物有个性

## 情绪和态度

下文摘自我的朋友和"杀戮地带"的前同事罗伯特·格里高利·布朗（Robert Gregory Browne）发表的帖子：

> 假设我的主人公是一个带着三个孩子的离婚男，发现自己无意中卷入了推翻政府的阴谋。准备写一个场景时，我问自己的第一件事是：在这种情况下我会如何反应？（尽管我自己婚姻幸福，而且即使阴谋落到我头上我也不会发现。）
>
> 然后我加入颜色（即：态度/情绪）。如果我是一个以自我为中心的混蛋……一个简单粗暴的警察……一个道貌岸然的政治黑客……我会如何反应？我把这项技术应用到我写的每一个人物身上。
>
> 简言之，我就像一个扮演所有角色的演员。通过我自己和一点点想象力，我可以由内而外地塑造人物。如果能够进入人物的身体，就更容易塑造出我自己认同的人物，我希望读者也能认同这些人物。

作为一名前演员，我也使用（并教授）作家的表演技巧。其中最简单的，或许也是最好的一种是：首先，做你自己。

这是我最喜欢的演员斯宾塞·屈塞（Spencer Tracy）的表演哲学的精髓。他没上过时髦的表演学校。他说，他总是从想象如果自己是一个出租车司机、牧师或葡萄牙渔民会是什么感觉开始。这给了他态度和情绪。然后，只要记住台词，听其他演员说话就行了。

## 令人刻骨铭心的人物

我还在做律师时,编辑了一份名为《卓越审判》(*Trial Excellence*)的通讯。这是一份月刊,目标读者是那些真正要上法庭、在陪审团面前陈述案件的律师们。做这份工作时,我有机会采访了国内一些顶尖的出庭律师。唐·C. 基南(Don C. Keenan)就是其中之一,他告诉我:

> 我的经验法则是:我强烈地认为作为原告律师,如果想赢得陪审团,你必须让陪审团成员穿着你当事人的鹿皮鞋走上一英里。他们不能做旁观者。他们不能把自己的角色看成裁判或调停人。他们必须字面意义上地理解和感受——我指的是刻骨铭心地感受——你当事人的感受。这样一来,他们在陪审团休息室里会为你说话,而不仅仅是当裁判。只有你,律师,才能让陌生人穿着你当事人的鹿皮鞋走上一英里,不仅要穿着他的鞋子走路,还要睡在他的房子里,穿着他的鞋子洗碗、去看医生,穿着他的鞋子生活。在接近客户、建立亲密关系的问题上,我是个狂热分子。

对你的人物也要这样做。花时间想象自己生活在他们的世界里,观察他们,倾听他们,甚至成为他们。直到你对人物有了刻骨铭心的感受。把这些写进书里,你的读者就会成为参与者,而不仅仅是旁观者。

## 甜蜜的情绪

小说里的情绪就像咖啡里的甜味剂。适量的话,它会让故事变得美味;太多则会毁了故事。

关键在于适量。但是如何衡量?

从类型开始。天平的一端是冷硬派,另一端是浪漫派。其他一切介于两者之间。冷硬派的错误在于回避情绪,浪漫派的错误则在于情绪泛滥。

这两个错误都有解决的办法。

### 场景和后续

让我们从基本前提开始:读者始终对主人公的内心世界感兴趣。他们想要了解他的感情,而不仅仅是行动。

后者——即行动——就是伟大的写作导师德怀特·斯温(Dwight Swain)所谓的场景。前者则是他所谓的后续。二者都有明确的结构。

场景是由目标、障碍和结果组成的。

后续则是由情绪、分析和决定组成的……决定会导致下一个行动的场景。

吉姆·布契(Jim Butcher)说,他的《巫师神探》(*Dresden Files*)畅销的关键就在于后续:

> 这种后续的基本结构几乎就是我全部的成功秘诀。我的每本书都是这样写的。我知道它很管用,因为你看,人们喜欢我的书。当然,他们喜欢某些特殊效果,有时候也喜欢某些故事创意,主要是因为他们发现自己关心人物的遭遇,后续中就包含了这些。

## 展示和讲述

有时候直接讲述情绪也没问题。我大脑中有一个小小的"紧张度标尺",衡量每个时刻的紧张程度。紧张度比较低时,我采用讲述的方式;紧张度比较高时,我采用展示的方式。举例来说。

一个女人的丈夫好几个小时没有给她打电话了,她有点担心。你可以这样讲述它:帕姆心头闪过一丝忧虑。如果史蒂夫会迟到,通常都会告诉她。没有必要描写这种忧虑对她的生理影响。这个时刻还不够紧张。

但是,如果那天晚上一直没有他的消息呢?甚至第二天?现在情况很紧张了,所以你要采取展示的方式:她双手颤抖,拨通了他办公室的电话。接待员接起电话时,帕姆的喉咙里好像有一只拳头,紧紧攥住她的声带。

## 重写和修改

现在,当你有了这些强烈的情绪,我有一个建议。你可以在创作时,也可以在修改初稿时这样做。

打开一个新文档,围绕这种情绪,专注地进行自由写作。这意味着不要停下来修改,只要一直写。用人物的视角写作。让人物告诉你她的感受。让她不停地说,告诉你感受的颜色、感受的味道、感受的隐喻。先从最明显的感受开始,然后转移到下一种情绪,某种你一开始没有预料到的情绪,甚至可能是相反的情绪。我们是一个复杂的矛盾体,这也是人物吸引人的原因。

把这个文档放在一边 15 分钟。然后再看一遍,找出其中最好的部分,最吸引人、最新颖的部分。把它们放进书里。

## 令人难忘的配角

来自我的笔记本

从一段"电梯演讲"式的情节介绍开始。就好像他们是主角一样!这将使他们的故事建立在某种重要的基础上,而不仅仅是主要情节的"过场"。

在配角的出场场景中制造乱子,和你为主角设计的一样。迅速建立起共情。

添加一点背景故事。

给这些人物几分钟的创作时间,就能使整个故事更加深刻。这将收获更高的读者满意度。

## 让你重回心流状态的人物塑造

无论你处在写作的哪个阶段，发现写作的快乐都是至关重要的。创作手头的作品时进入"状态"是一种方法，不过很难系统化。有些日子里，你文思泉涌；另一些日子里，就像穿着雪鞋在拉布雷亚的沥青坑里跋涉。我发现，当我陷入困境时，做一些人物塑造的工作将获得重回心流状态的门票。我会停下来，思考一两个人物，无论是主角、配角，还是一个新创造的人物，都无所谓。再来一点背景故事，一个秘密，一段迄今为止没人发觉的关系——用不了多久，我就兴奋地回到了故事中。

## 成长的人物

多年来,随着写作技巧教学成为主流,与计划派作家和随性派作家的关系相对应地,出现了两种方法。我称之为"档案管理员"和"好奇宝宝"。

"档案管理员"在开始实际写作之前就对人物的背景有一个全面的构思。马塞尔·普鲁斯特(Marcel Proust)就是这样的作家。他为他的人物设计了一份全面的调查问卷,内容包括:

- 你对大团圆的设想是什么样的?
- 你一生中最爱的人是谁?
- 你最大的恐惧是什么?
- 你最大的遗憾是什么?
- 你的座右铭是什么?

如果这种方法对你有用,我没有任何反对意见。我想提醒你的是,选择这种方法时,几乎就把这个人物锁定在你创建的档案之中了。然而,随着故事的展开,情节可能朝着不同的方向发展,你可能希望人物有一个完全不同的背景。

"好奇宝宝"的方法是从一定程度的认识开始的,然后让人物在不同的场景中做出反应,随着故事的发展而成长。有些作家喜欢先写初稿,然后在改写时为人物添加层次。"你根本无法预见故事发展的所有方面,"德怀特·斯温说,"试图猜测每一个转折和反转,可能让你耽误比想象中更长的时间。"

就我个人而言,如果必须填写一份长长的问卷,或者撰写一篇全面的人物小传,我很快就会感到无聊。我更喜欢一边写一边为了情节的需要加入新东西。

这并不是说我是从一片空白开始的。开始写作之前，我的确需要一些东西。至少包括：

**形象。**当我看到人物的面孔时，所有可能的个性特征便开始自动浮现。因此，我先确定人物的年龄，然后在网上找到一个头像，好像在对我说："我就是你的人物。"我也希望这个形象给我一点惊喜。

**声音。**我用人物的声音写日记，这是一个自由格式的文档，记录人物对我说的话。我可能会用问题来刺激他们，不过总体而言，我希望不停地写下去，直到一种独特的声音开始出现。人物告诉我的背景故事在书中可能是有用的，那就更好了。

**愿望。**在这个时间点上（比如故事开始时），这个人物最想要的是什么？成为一位伟大的律师？修女？钢琴家？

**镜像。**几年前，我发现了"镜像时刻"的秘密，开始使用它，然后教授它，并看到它在其他人身上取得明显的效果。因此，我从一开始就通过头脑风暴寻找一个镜像时刻。它可能会改变，但我发现它就像我的北极星，照亮了整本书。提前知道镜像时刻是什么会非常有帮助。

**秘密。**这个是很有用的，有备无患。什么是人物自己知道而又不想让其他人物知道的？当你需要一个新的情节反转时，它会派上用场。

这样处理完主人公之后，我会转向其他主要人物，重复这个过程，特别注意制造对比。我希望所有的人物之间都有发生冲突的可能性。

在这个过程中，我建立了路标场景，所以基本上已经确定了情节走向。

现在我开始写作，让人物来帮助我填充场景，这反过来又给人物添加了层次。

例如，假设我的主人公是一位女律师，我知道故事开头有这样一幕场景：一位高级合伙人让她赶快就一桩案件达成和解。她不想这样做。她认为她能打赢这场官司。在这个场景的最后，合伙人不温不火地威胁她——照他说的做，否则她在这里就前途堪忧了。

在我的设想中，这一幕会让我的律师生气，也许还有点害怕。现在的工作应该是她梦寐以求的。于是，她回到办公室，给合伙人写了一封愤怒的电子邮件。然后删除了它。

然后我会问，如果她没有这样做呢？如果她辞职了呢？或许这正是她现在需要做的！然后我可以构建一些背景故事，比如她小时候害怕做某件事情，一个男孩嘲笑了她，所以她从来不冒险。现在，她终于肯冒险了。

或者，如果她下班后去酒吧买醉？嘿，没准她有酗酒的问题。

你应该明白了。人物的层次增加了。通过改写，他们能够变得更深刻、更丰满。

## 内心冲突

### 来自我的笔记本

内心冲突能够造就令人难忘的人物,为什么?

因为读者想要看到人物,对他们感同身受。

因此,展示他们情感上的动荡,你就得到了一个令人难忘的人物。让动荡继续升级。这就是"肥皂剧的秘密"。

内心冲突是人物内心的两种声音在交战:欲望与责任,责任与恐惧,等等。

创作思路:不要一开始就试图凭空构思一套详尽的背景,在第一个场景中塑造一个人物,让他正处于两种强烈的情绪交战之中。然后,使这种行为/(尚未揭露的)背景合理化。这就是"即时"塑造人物的方法。

## 快速塑造人物的小窍门

我的朋友汤姆·索耶（Tom Sawyer）是《女作家与谋杀案》（*Murder, She Wrote*）的前制片人，他写了一本非常有用的书，叫作《小说写作揭秘》（*Fiction Writing Demystified*）。我从他对人物的处理中提炼出以下窍门：

● 记录下每个人物是如何与其他人物发生冲突的。寻找故事可能从哪里开始，与各种可能性产生化学反应。

● 让重要人物更复杂。让他们既有力量也有弱点，还要保留一些东西。

● 我们会支持那些为改变自己的生活、实现自己的目标而努力的人。

● 不要让人物自怨自艾。

● 不要让人物过于讨好他人，这明显是在乞求读者的喜爱。让他们有点棱角。

● 让坏人少说话。喋喋不休的大块头不会特别吓人。

● 让你的人物在某些方面令人耳目一新。让他们别那么好猜。

● 让普通人不那么普通。不要潦草地对待次要人物。让他们更有态度，来增加冲突。

● 如果你觉得介绍人物很容易，那很可能是你做得不对。你需要挑战自己。额外的努力会有回报。**展示**你的人物。

## 给人物一个梦想

你有没有给你的主要人物一个梦想？一个渴望？一种灵魂深处的欲望？

主人公应该带着一个梦想进入故事。

卢克·天行者梦想着成为一名绝地武士。

多萝西·盖尔梦想着生活在一个没有麻烦的地方。

乔治·贝利（George Bailey）① 梦想着离开他的小镇去闯世界。

我们的梦想在很大程度上塑造了我们，促使我们采取行动。你的主人公如此，我还要补充一点，反派人物同样如此。

达斯·维达（Darth Vader）梦想着让"黑暗面"笼罩整个银河系。

邪恶的西方女巫梦想着统治奥兹国。

汉尼拔·莱克特（Hannibal Lecter）梦想着满足特殊的口腹之欲。

梦想带来驱动力，能够帮助故事起跳。

---

① 1946 年的美国电影《生活多美好》的主人公。——译者注

## 让人物有个性

《韦氏大学英语词典》(第二版) 对**个性**的定义是：**道德力量或坚定的意志，尤指通过自律获得的。**

能够让我产生共鸣的英雄大多有缺点，但他们都通过道德上的正义感克服了自己的缺点。迈克·汉默（Mike Hammer）①、菲利普·马洛（Philip Marlowe）②、山姆·斯佩德（Sam Spade）③——他们都有缺点，但最终都得到了救赎，因为他们有自己坚持的荣誉准则。

斯佩德身边都是盗贼和骗子（他自己也不乏流氓气质），但是，当他受到蛇蝎美女布里姬·奥肖内西（Brigid O'Shaughnessy）的诱惑时，他没有选择跟她远走高飞，而是把她交给了警察。为什么？他试图向她解释：

> 听着。说出来一点也没好处。你永远也不会了解我。不过，我再说一遍，听不懂拉倒。听着，一个人的伙伴被人杀了，他总应该要有所表示。不管你对他印象怎么样，反正都一样。他总曾经做过你的伙伴，你应该有所表示。④

迈克·汉默保住了最后一丝自尊，他相信除掉坏人，是为了让其他人活下去……我是恶魔，由我来对抗其他恶魔，好让温和善良的人们继承这个世界！[米奇·斯皮兰（Mickey Spillane），《孤独之夜》（*One Lonely Night*）]

---

① 美国硬汉派侦探小说家米奇·斯皮兰笔下的私人侦探。——译者注
② 美国作家雷蒙德·钱德勒笔下的私人侦探。——译者注
③ 美国作家达希尔·哈梅特笔下的私人侦探。——译者注
④ 哈梅特. 马耳他黑鹰. 陈良廷，刘文澜，译. 昆明：云南人民出版社，1981. ——译者注

你会在罗伯特·B. 帕克（Robert B. Parker）笔下的斯宾塞（Spenser）身上看到道德准则。这并不奇怪，因为帕克在波士顿大学获得了英语文学博士学位，他博士论文的题目是《暴力英雄、荒野遗产和城市现实：对达希尔·哈梅特、雷蒙德·钱德勒和罗斯·麦克唐纳小说中私人侦探的研究》。

关于你的主人公，请你回答以下问题：

- 他们会为什么事情付出生命？
- 他们手臂上的文身是什么？
- 在故事开始之前，他们关心的人是谁？他们为什么关心他？
- 他们会尽什么责任，即使并不心甘情愿？

与此同时，也有一些令人难忘的人物，由于在关键时刻缺乏勇气和毅力而失败了。他们得到了应有的惩罚，也收获了道德上的教训。比如：

- 李尔王与他的女儿们。
- 迈克尔·柯里昂（Michael Corleone）和他的复仇。
- 盖茨比对黛西的痴迷。
- 斯嘉丽对艾希礼的痴迷。

个性和缺点造就了令人难忘的人物。给他们激情和热望，然后让他们为了更高尚的目标冷静下来。

或者让他们独自面对悲剧的结局。

无论你的选择是什么，都要让你的人物充满个性。

场　景

- 刺激和反应（基础）
- 遵守物理定律
- 三种类型的开头
- 把平凡的一天搞砸
- 从场景到场景
- 关于过渡
- 梦境
- 按照场景而不是章节来思考
- 增加情感的强度
- 强化场景的三种简单方法
- 专业场景
- 每个场景都要出人意料
- 机械降惊
- 闪回
- 反复斟酌你的结局
- 打斗场面

## 刺激和反应（基础）

下面这句话摘自一本古老的通俗小说，看看它有什么问题。

> 我点燃一支香烟，叼在嘴里。

很明显，不是吗？动作搞反了。你应该在点燃香烟之前先把它叼在嘴里。这个句子这样写就成了一个减速带，让读者瞬间出戏了。

你的文章需要正确的顺序，这就是所谓的刺激和反应。

真正让我走上畅销之路的写作指导书是杰克·比卡姆（Jack Bickham）的《畅销小说创作》（Writing Novels That Sell）。在"刺激和反应"一章中，比卡姆解释说：原理很简单……当你给出一个刺激，你就必须给出一个反应。当你想要得到某种反应，你就必须给出一个能够产生它的刺激。遵循这个简单的模式，你将开始写出有意义的文字，并像火车头一样飞驰。

所以，不要这样写：鲍勃跌倒在地，听到了爆炸声。读者在看到刺激之前先看到了反应，然后必须回过头去理解它。应该这样写：鲍勃听到了爆炸声。他跌倒在地。诸如此类。

另外，反应需要靠近刺激，它们之间的关系才不会模糊。不要这样写：鲍勃听到了爆炸声。风和日暖，万里晴空，但乌云正笼罩着群山。他跌倒在地。

这是最基本的模式，大多数情况下你不会弄错。但小的疏漏像打字错误一样在所难免。训练你的眼睛，在文章中发现并改正它们。

"复杂"的刺激与反应关系要麻烦一点。这种时候，读者需要知道一个人物为什么会有这样的反应。例如：

> 苏珊拿了信，走进屋里，大哭起来。

等等，我们错过了什么？**刺激**使她大哭起来。信里肯定说了什么。或许是她母亲刚刚去世的消息。无论是什么，都必须强大到足以引起这种反应。所以，你应该写一两行，说明苏珊打开一封信，读到这个消息（刺激），**然后**大哭起来（反应）。

另一种表现复杂的刺激与反应的方法是通过**内心戏**。比卡姆用下面的例子做了说明：

"辛迪，你愿意嫁给我吗？"乔问道。

辛迪用手中的啤酒瓶打了他。

除非你是故意要制造一个惊喜（这没问题。乔可以接着问："嘿，你干什么？"然后辛迪可以回答他），否则你可以用内心戏来填补其中的空白。

（刺激）"辛迪，你愿意嫁给我吗？"乔问道。

（内心戏）这个问题问得她一愣。她祈祷这个时刻已经有两年了。但是现在，就在她接受雷吉求婚的同一天，乔终于开口了。这真是糟透了。她顿时火冒三丈。

（反应）她用手中的啤酒瓶打了他。

我们还可以将这一原则扩展到需要主角做出反应的事件中。

在开始之前，我想先解释一下为什么我不喜欢"起因事件"这个说法。你经常能从写作老师那里听到它，但你听到的东西往往是模棱两可或相互矛盾的。

有人说它是"使情节朝着不同方向发展"的事件。

有人说它发生在故事的开头。另一些人则说不是这样的，发生在故事开头的是吸引人的"钩子"，然后才是起因事件，它会让人物走上"叙事之旅"。

但我要说，情节中的每一个事件都应该引起一些反应，否则就不应该出现。

因此，出于结构上的考虑，我更愿意使用"乱子"和"不归之门"

这两个词,前者发生在故事的开头,后者让主角进入"生死攸关"的第二幕。

在我写的每一个场景中,我都会牢记比卡姆和德怀特·斯温所说的"场景和后续"。这是更大规模上的刺激与反应。

当一个场景以"灾难"结束后(大多数场景应该如此),人物的情绪节拍大致遵循这样的模式:情绪、分析、决定。

就像生活一样,不是吗?妻子宣布她要离婚,离开家,砰的一声关上身后的门(灾难)。丈夫惊呆了,崩溃,困惑(情绪)。他想:现在我应该怎么办?他来回踱步,给自己倒了一杯酒,思考他的选择——求她回来?请律师?杀了她?明天再去想这件事,因为明天又是新的一天?(分析)。最后,他决定要怎样做(决定……引出下一步行动)。

从比卡姆书中学到的这一点让我恍然大悟,我明白了自己小说的不足在哪里,以及如何改正。从那以后,我的书开始畅销了。

反应节拍的好处在于其灵活性。当情绪非常强烈时,你可以多花些时间在上面。在很大程度上,你是通过情绪节拍来控制速度的。如果你想让故事保持高速推进,这个节拍可以很短——甚至只有一行内心戏。或者可以完全跳过这个节拍,只用暗示——我们将在随后的行动中看到人物内心发生了什么。

关键在于,你自己必须知道人物内心的这些步骤——情绪、分析、决定。然后,你可以按照你希望的方式呈现它们。吉姆·布契说过,后续是哈利·德累斯顿(Harry Dresden)[①]这个人物受欢迎的关键。不止一位作家说过类似的话。记下来。

刺激—反应,场景—后续:这些是你小说的驱动力。

---

[①] 《巫师神探》系列的主人公。——译者注

## 遵守物理定律

我最近重读了一本书，属于一个非常流行的推理小说系列。

在第一章中，主人公和一个潜在的客户坐下来吃饭。一位女招待走过来，为他们点了餐。两人聊了一会儿。全世界速度最快的女招待端着饮料回来了。他们又聊了一会儿（大声读出来大约需要 30 秒），全世界速度最快的女招待——显然在和全世界速度最快的厨师一起工作——端上了我们的生鱼片。

下一段聊天（需要 1 分 23 秒）期间，其中一个人吃了一小口牛肉。然后：女招待来收盘子。我们点了焦糖布丁作为甜点。

接下来是两行对话。两行！现实世界中只需要 5 秒钟。然后：女招待端来了焦糖布丁。

天哪！这位女招待一定是打破邦威尔盐滩加速赛纪录的第一人……不开车！

又聊了 43 秒，然后：我的焦糖布丁吃完了。

简直是外星人！

我相信很多读者会注意到同样的事情。也许还不至于把书扔到一边，但这样的错误是完全没有必要的，它们很容易改正！只要随便加几行概述就行。类似于：我们一边吃着生鱼片，一边聊起她的过去、她的前夫，还有她在巴黎错过的那趟火车。当我们准备要甜点时，我想我已经像了解自己的妹妹一样了解她了。

遵守物理定律，尤其是在吃饭的场景中。

## 三种类型的开头

有一幅杰出的《远方》(*Far Side*)漫画〔天才加里·拉尔森（Gary Larson）的诸多杰作之一〕。画中是一个男人的背影，他拿着铅笔，沮丧地抱着头，面前散落着一堆废弃的稿纸，最上面是《白鲸》的第一章。稿纸上面写着：

> 叫我比尔
> 
> 叫我拉里
> 
> 叫我罗杰
> 
> 叫我艾尔
> 
> 叫我沃伦①

啊哈，我们都有过这种经历。我们经常谈到需要一个抓人的开头。这就是为什么我们要分析作品的第一页。目标很简单：让读者想要继续读下去，让他们感到需要继续读下去。

如果你能在第一段做到这一点，那就更好了。能在第一行就做到，当然更好！

我将开头分成三种类型：**行动、声音和背景**。

### 行动

如果小说的第一行就将你带入某种吸引人的行动，你就成功了。（现在你要做的就是接着写完整本小说，哈！）

我最喜欢的开头之一来自约翰·D. 麦克唐纳（John D. MacDonald）

---

① 《白鲸》开头的第一句话是"叫我以实玛利"。——译者注

的崔维斯·麦基（Travis McGee）系列中的《比琥珀更黑暗》（*Darker Than Amber*）：

> 我们正打算放弃，今晚到此为止，就在这时候，有人把那个女孩从桥上扔了下来。

拜托！我们要接着读下去，直到发现那个女孩是谁，以及她为什么被扔下来。

詹姆斯·M. 凯恩（James M. Cain）的《邮差总按两次铃》（*The Postman Always Rings Twice*）有一个著名的开头：

> 约在中午时分，我被人从装运干草的卡车上扔了下来。

迪恩·孔茨（Dean Koontz）喜欢用行动来开头：

> 佩妮·道森醒了，听到黑暗的卧室里有什么东西在鬼鬼祟祟地移动。
>
> ——《黑暗降临》（*Darkfall*）

> 凯瑟琳·塞勒斯相信，在结冰的道路上，汽车随时可能开始打滑，她会失去控制。
>
> ——《与魔鬼共舞》（*Dance with the Devil*）

记住，对话也是行动。孔茨曾经尝试过不同的开头，看哪个效果最好。最后他选择了这个：

> "你杀过人吗？"罗伊问。

写下这句话时，他不知道罗伊是谁，也不知道他在和谁说话。于是，他写了一本小说来寻找答案——这就是《午夜之声》（*The Voice of the Night*）。

在我看来，我自己最好的开头是泰·布坎南（Ty Buchanan）法律惊悚系列中的《黑暗边缘》（*Try Darkness*）：

> 修女一巴掌打在我嘴上，说："滚出我的房子。"

我仍然喜欢它。

这就是行动。然后还有……

## 声音

当声音清晰、独特、引人注目时,你会想继续读下去。在《复仇在我》(Vengeance Is Mine)中,米奇·斯皮兰没有浪费任何时间:

> 那家伙已经死透了。

珍妮特·伊万诺维奇(Janet Evanovich)笔下的斯蒂芬妮·普拉姆(Stephanie Plum)是个迷人精:

> 当我还是个小女孩的时候,经常不给芭比娃娃穿内裤。
>
> ——《击掌》(High Five)

通常,我们会使用第一人称视角的声音,但并不绝对,例如,下面是埃尔默·伦纳德(Elmore Leonard)的《矮子当道》(Get Shorty)的开头:

> 十二年前奇力第一次来到迈阿密海滩,恰好撞上此处特有的抽筋寒冬。他和汤米·卡洛在南柯林斯大道的维苏威餐厅碰头吃饭,那天气温只有零上一度,结果他的皮衣被人顺走了。①

注意,皮衣是被顺走的,而不是被偷的。后者是中立的声音。前者是轻快活泼的,奠定了书的基调。

## 背景

有句老话说:故事从你划着火柴,而不是堆放木柴的那一刻开始。我喜欢这句话。这适用于各种类型小说,但是纯文学、史诗奇幻和历史小说除外。可以想见,喜欢这些类型的读者一开始会很有耐心,因为他

---

① 伦纳德. 矮子当道. 姚向辉,译. 北京:世界图书出版公司,2016.

们知道自己将经历一段漫长而沉浸的旅程。

当然，这些类型也可以从动作开始，比如特里·布鲁克斯（Terry Brooks）的《沙娜拉之剑》（The Sword of Shannara）：

> 太阳已经没入山谷西侧墨绿色的山岭，红霞交杂着一抹粉灰，洒向大陆的各个角落，此时弗利克·欧姆斯福德准备要下山了。①

一切都很好，世界在行动中开始成型。

现在，来看看《魔戒》的开头：

> 这本书讲述的故事，与霍比特人密切相关，读者从字里行间可以发现他们的大量性格特色和些许历史。

天哪，好一个些许历史！整整十五页。这就是在堆放木柴。但是奇幻小说的读者似乎并不介意。

与之类似，大卫·莫瑞尔（David Morrell）的长篇惊悚小说《夜与雾的联盟》（The League of Night and Fog）的开头也是历史知识：

> 纳粹发明了"长刀之夜"这个词，指的是1943年6月30日晚上发生在奥地利和德国的事件。

接下来的八页是关于希特勒的崛起、第二次世界大战的爆发，以及死亡集中营的建立。这是一段黑暗而扣人心弦的历史。莫瑞尔堆起了柴火，它一直陪伴着我们，盘桓在即将到来的行动之上。

现在，你已经知道了写一个精彩开头的三种方法。在你自己的作品中试试看。我还建议你尝试所有三种方法，把它们当成一个创意游戏和灵感之源。它们当中可能会有一个跳出来抓住你，说："嘿，伙计，现在就给我写完这部小说！"

---

① 布鲁克斯. 沙娜拉之剑. 张蓓欣, 译. 成都：天地出版社, 2016.

## 把平凡的一天搞砸

在小说的第一页（最好是第一段，甚至第一行），我希望看到人物的日常世界出现乱子。可以是小小的扰动，比如午夜的敲门声［安妮塔·施里夫（Anita Shreve）的《飞行员的妻子》（*The Pilot's Wife*）］。也可以极端一些，比如一个定时炸弹［约翰·卢兹（John Lutz）和大卫·奥古斯特（David August）的《最后一秒》（*Final Seconds*）］。

我不想看到"幸福的人们生活在幸福的地方"。我见过一些这样的开头，主要是家庭戏。幸福的一家人在为新的一天做准备，诸如此类。作者认为：如果我能让读者看到这些好人真的很善良，麻烦出现时读者就会关心他们。

但事实不是这样。当麻烦——或者麻烦的迹象——出现时，我们才开始关心人物。

现在，有两种方法来给这些幸福的人们制造乱子。一种是发生了什么不寻常的事情，就像前面提到的那样。你可以称之为"外部"乱子。

另一种则是来自"内部"的乱子。你可以给我们展示一个人物的日常生活——同时想办法把它搞砸。

这就是迈克尔·克莱顿（Michael Crichton）在1994年的小说《大暴光》（*Disclosure*）中使用的手法。［这部小说后来改编成了电影，由迈克尔·道格拉斯（Michael Douglas）和黛米·摩尔（Demi Moore）主演。］

故事围绕着汤姆·桑德斯（Tom Sanders）展开，他是西雅图一家蒸蒸日上的数字公司的中层管理人员。他娶了一位名叫苏珊的成功律师。他们有一个四岁的女儿和一个九个月大的儿子，住在班布里奇岛上一所漂亮的房子里。

在故事的开头，我们看到汤姆准备迎来美好的一天。他相信自己将被提拔为部门主管，公司即将上市，而他将从中获得数百万美元。所以他必须准时赶到办公室。

克莱顿不会让这种事情发生的。下面是这本小说①的第一段：

> 6月15日，星期一。汤姆·桑德斯绝不想在今天上班迟到。早晨7点半，他就在班布里奇岛自己家中的浴室中淋浴了。他清楚，他必须在10分钟内刮好胡子，穿戴整齐，然后离开住所，这样才能赶上7点50分的渡船，于8点半前走进办公室，以便及时地与斯蒂芬尼·卡普兰讨论完剩下的问题，再一起去会见那些来自康利-怀特公司的律师。

汤姆在洗澡，这时候——

"汤姆？你在哪儿？汤姆？"

妻子苏珊的叫声从卧室传来，他赶紧把头伸到莲蓬头的水流之外。

"我在冲澡！"

她应了一句什么，但他没听清。他走出浴缸，伸手取了一块浴巾。"什么？"

"我是说，你能帮我喂一下孩子吗？"

他妻子是市商业区一家事务所的律师，一周工作4天。

现在让他喂孩子？他没时间！但这就是有孩子的职场夫妻的生活，所以他赶快开始刮胡子。他听到浴室外孩子们开始哭了起来，因为妈妈管不过来他们了。克莱顿延长了这个过程。孩子们哭闹时，连刮胡子这样无关痛痒的事情也变得令人紧张起来。

汤姆终于从浴室里出来，只围着一条浴巾，把孩子抱起来。

---

① 本节所引小说《大暴光》中的文字，均出自中译本《大暴光》（克莱顿．大暴光．陈新，柯平，张宏达，译．南京：译林出版社，1996.）。——译者注

苏珊在身后喊道:"不要忘了给马特的粥里加维生素,一滴。别再给他吃那种米糊,他会吐出来,他现在喜欢吃麦粉糊。"她走进浴室,用力带上门。

女儿用严肃的目光看着他。"今天又是那样的日子吗,爸爸?"

"嗨,大概是吧。"

**没错!**

他替儿子马特调好麦粉糊,摆在儿子面前,然后将伊莱扎(利泽)的碗放在桌上,倒进一些麦片,瞥了她一眼。"够了吗?"

"够了。"

他在她的碗里加了些牛奶。

"不,爸爸!"女儿尖叫起来,泪水夺眶而出。"我自己倒牛奶!"

"对不起,利泽——"

"把牛奶倒出来,倒出来——"她近乎歇斯底里地尖叫着。

"对不起,利泽,不过这是——"

"我想自己加牛奶!"她从椅子上滑下来,躺在地上,蹬踢着双腿。"倒出来,把牛奶倒出来!"

**所有为人父母的都知道这是多么真实。一个四岁的孩子有她自己的习惯,有她想要控制的东西!**

"很抱歉,"汤姆说道,"但你只能把它吃掉了,利泽。"

他在桌旁坐下,紧挨着马特喂起他来。马特用手戳了一下碗里的麦粉糊,涂在眼睛上,于是,他也哭了起来。

**你能在脑海中看到这一幕吗?**

汤姆拿起一块餐巾去擦马特的脸,一眼瞥见厨房的壁钟此时正指着8点差5分。他思索着,最好先打个电话去办公室,告诉他们自己要晚去一会儿,但他先要让伊莱扎安静下来,因为此时她还在地上,胡乱踢着腿,喊着要自己倒牛奶。"好了好了,伊莱扎,别急,别急。"他又拿来一只碗,倒了一些麦片,递给她一盒牛奶让她自己倒。"给。"

她交叉着抱起胳膊,噘起嘴。"我不要了。"

"伊莱扎,立刻倒牛奶。"

整个场景中,他一直在看表,试图估计他会迟到多久。在这一章的最后,苏珊终于来救他了,她说——

"现在我来料理家务,你不能迟到。今天不是大喜的日子吗?他们不是要在今天宣布提拔你吗?"

"我希望如此。"

"一旦宣布就打电话告诉我。"

"一定。"汤姆站起来,用手抓紧围着的浴巾,迈步上楼去穿衣服。赶8点20分那班船时,路上的交通总是很拥堵,要想坐这班船就得分秒必争了。

本章完。我们还想接着读下去。这个家伙为了准备去上班而经历了这一切之后,我们希望他这一天会好起来。

当然,这一天并没有好起来。这是迈克尔·克莱顿。对于汤姆·桑德斯先生来说,事情将变得越来越糟。

这种手法适用于家庭或办公室,车上或船上,咖啡厅或华夫饼屋。

当个坏人。把人物的一天搞砸!

## 从场景到场景

### 来自我的笔记本

写完第一幕的大纲和初稿之后：

(1) 写下一个场景。

(2) 列出可能的下一个场景（黑暗中的车头灯）。

(3) 制造"反转"。问自己，读者可能的预期是什么，然后反其道而行之，或者写一些完全出乎意料的东西。

(4) 选择接下来要写的几个场景。

(5) 使用全大写字母来继续。

(6) 计划下一个场景。

  a. 左脑列出必须发生的事情，包括目标、障碍、结果。

  b. 对话片段，有没有主语均可。

  c. 十分钟"心灵风暴"（惠特科姆）。自由形式，热情、细节、情绪、风格、不间断的长句——从中提炼一首诗（字面意义上的，写一首短诗！）。

(7) 听一段适合这个场景的配乐。

(8) 先写出场景中最重要的部分，然后扩展。

(9) 重复。

### 我的注释

♯（2）——"黑暗中的车头灯"的概念来自小说家 E. L. 多克托罗（E. L. Doctorow）。他把写小说比作在黑暗中驾驶，只能看到车头灯照得到的范围。当你开到前面那个地方，你才能看得更远。

♯（5）—保持心流的一种方法是跳过过渡，以后再回过头来写。例如：比尔开车穿过镇子，走进斯坦的办公室。①

♯（6）b—抓住好台词，以后再补充主语或动作节拍来表明是谁在说话。

♯（6）c—"心灵风暴"是劳拉·惠特科姆（Laura Whitcomb）在她的《小说捷径》（*Novel Shortcuts*）中提出的一个好办法。读诗并感受诗意，能够自动将你带入情绪节拍。

♯（8）—先把场景中情绪最强烈的部分写出来，然后说明你是如何进入和离开这个场景的。

---

① 原文此句为全大写英文。——译者注

# 关于过渡

### 如何从一个场景转换到下一个

过渡将你从一个场景或视角带到另一个，或者让你在同一个场景中前进一段时间。下面是一个地点转换的例子：

> 约翰怒气冲冲地走出公寓。如果这个大人物想要摊牌，那就如他所愿。
>
> 约翰把油门踩到底，冲过镇子，无视红灯、行人和至少一名警察。
>
> 他走进办公室，听到接待员说："早上好。"
>
> "去你的。"约翰说。

我们从约翰的公寓来到了他的办公室——地点变了。

现在是一个时间转换的例子。

> "想知道你为什么被解雇吗？"史蒂文森说。
>
> "是的，"约翰说，"告诉我。"
>
> "坐下来，冷静点。我有些事情要告诉你。"
>
> 约翰扑通一声坐在椅子里。
>
> "我想告诉你关于我父亲的事，以及他是如何创办这家公司的。"史蒂文森说，"这要从我还是个孩子时说起。"
>
> 半个小时后，约翰已经想从窗户跳出去了。史蒂文森还在喋喋不休。

我们没有听到史蒂文森的整个故事。除非对情节很重要，否则我们不需要听到它。时间转换很容易。只需要一行，我们就知道我们在同一个场景中前进了。

现在让我们更仔细地看看地点转换。这里我说的不是一章结束、进入下一章,而是同一章之内的场景转换。当你改变地点时,可以保持同一个人物的视角,也可以转换到另一个。但你必须用最有效的方法告诉读者发生了什么事。

下面介绍三种技巧。

## 1. 概述

顾名思义,你可以通过概括(而不是展示每一个节拍)来从一个地点转换到下一个。除非情节或人物需要,否则就尽可能不拖泥带水地把我们带到新的地点去。下面就是上页第一个例子中的概述:

> 约翰把油门踩到底,冲过镇子,无视红灯、行人和至少一名警察。

我们没有看到他开车的过程。那要包括描述、行动,或许还有约翰开车时的心理活动。但是,如果这些内容对故事没有任何价值,就不要描写它们。用概述把我们**立刻**带到新的场景。

通俗小说作家尤其精于此道。塔尔梅奇·鲍威尔(Talmage Powell,1920—2000)在《黑面具》(*Black Mask*)上发表的故事《她的匕首指向我》(Her Dagger before Me)中就是这样做的:

> "好吧,"我说,"我将尽我所能地帮助你。这是杀人。与公众的想法相反,私人侦探不喜欢杀人。如果我们必须掺和这种事,价码是很高的。"
>
> "我知道,"菲丽斯·达内尔说,"我会付钱的。"
>
> "我不担心。不管怎样,我会得到那些信的,不是吗?"
>
> 我把她送出门,冲了个澡,然后去了迈克的车库,我的双门小轿车就停在那里。

## 2. 留白

另一种地点转换的方法是加入空行,像这样:

> 约翰怒气冲冲地走出公寓。如果这个大人物想要摊牌,那就如他所愿。

> 他走进办公室,听到接待员说:"早上好。"
> "去你的。"约翰说。

留白也可以用来在同一章内切换视角人物。只要保证在第一行中就明确新的视角人物。

> 约翰怒气冲冲地走出公寓。如果这个大人物想要摊牌,那就如他所愿。

> 吉尔·史蒂文森从办公室门口探出头来。"斯通来了吗?"
> "还没有,史蒂文森先生。"佩吉说。
> "好吧,他一到就让他进来!"他砰的一声关上门,深吸了一口气。今天可不是个好日子。

## 3. 说到就到

W. T. 巴拉德(W. T. Ballard)是黄金时代一位高产的通俗小说作家。他有一个主人公,名叫比尔·伦诺克斯(Bill Lennox),专门为好莱坞电影公司解决麻烦。为了消遣,我重读了伦诺克斯第一次出场的故事,1933 年发表在《黑面具》上的《一点差别》(A Little Different)。在一个场景中,伦诺克斯坐在一辆出租车里,被一个坏家伙跟踪。他给了司机一张五美元的钞票,让他甩掉尾巴。

> 司机咧嘴一笑,急转弯驶入维恩街,然后在日落街右转,在高地街左转,闯了一个红灯。最后,在阿灵顿街和皮克街的拐角,他把车停在路边,问:"现在去哪儿?"

伦诺克斯说："梅尔罗斯和凡内斯街。"司机耸耸肩，转向韦斯顿街。

伦诺克斯在拐角处下了车，向公寓走去。

从司机转向韦斯顿街到伦诺克斯下车期间发生了什么？开车，或许还有聊天、到达、停车等。我们不需要知道这些。它们只是填充物。这里有一个小秘密：读者会在潜意识里填补这些东西，而节奏不会变慢。

说到速度，巧妙处理过渡是控制速度的主要方法。

上面的例子让节奏保持干净利落。假如你想放慢节奏，给读者一个喘息的机会，并深化人物性格呢？可以用过渡来加入一些心理活动，或者如果你足够勇敢的话，还可以加入闪回。

**心理活动：**

约翰把油门踩到底，沿着街道疾驰。他看到前面有个警察，于是放慢了车速。他不需要一张罚单。他需要的是喝一杯。也许可以在巴尼店里停一下。一点点液体带来的勇气不会有坏处。

当然有坏处，你这个笨蛋。你知道会怎么样。两杯布什米尔威士忌下肚，你身体里的迈克·泰森就会复出了。

**闪回：**

约翰把油门踩到底，沿着街道疾驰。他看到前面有个警察，于是放慢了车速。他不需要一张罚单。他像个驾校的优等生一样在红灯前停了下来。

他高中时曾经是个优等生。在那次事故发生之前。那天晚上他和汤姆·巴克一起出去，约翰开着他爸爸的保时捷。汤姆想吃快闪汉堡，约翰想喝布恩农场的苹果酒。

"我们找个人去给我们买，"约翰说，"让你填饱肚子。"

不用说（但我还是要说），巧妙地处理过渡是一个提升读者沉浸感的好办法。

## 梦境

我有一个写开头的经验法则：永远不要用梦境开头。正如莱斯·埃哲顿（Les Edgerton）在他的杰作、入选《作家文摘》畅销书榜的《如何写出从第一页就抓住读者的小说》（*Hooked: Write Fiction That Grabs Readers at Page One*）中所说的：

> 永远、永远不要在用行动开始一个故事后，说其实人物只是在做梦。除非你想让你的手稿被扔到房间另一边，还伴随着一连串的咒骂。然后，一封格式化的退稿信会被塞进你的回邮信封，由我们杰出的邮政服务人员送还给你。

你们当中年龄足够大的，可能还记得回邮信封和手稿的时代。年轻人可以去查一下。

这个规则唯一的例外是，除非你在第一句话中就告诉读者这是一个梦。比如达芙妮·杜穆里埃（Daphne du Maurier）的《蝴蝶梦》（*Rebecca*）的开头：昨晚，我梦见自己又回到了曼陀丽庄园。

至于在书中晚些时候做梦，我的建议是只做一次，而且只是为了特定的目的，在一个紧张的时刻揭示人物的情感。迪恩·孔茨在《城市》（*The City*）一书的第15章中正是这样做的：

> 我终于回到沙发上，整夜巡逻真是累死人了。我马上掉进了睡眠的深井，飘飘忽忽地，进入了梦乡。我在一个漆黑的地方，四周都是哗哗的水声，好像是在雨中的一条船上……

这个建议也有例外，那就是当梦境是情节的组成部分时。比如阿尔弗雷德·希区柯克1945年执导的《爱德华大夫》（*Spellbound*）。

还有一种使用梦境的方法。梦境是"镜像时刻"的完美工具。我在自己的书中对这种工具有完整的解释，简言之，在小说的中间部分，有两种类型的镜像时刻。

一种是人物必须审视自己，就像照镜子（有时候是字面意义上的），然后思考：在内心深处他到底是谁？他会变得更好吗？故事剩下的部分讲的就是这样一个根本性的转变是否发生了（比如《卡萨布兰卡》）。

另一种是人物审视自己的处境，意识到她可能要死了。胜算不大。比如《饥饿游戏》中的凯特尼斯。在故事的正中间，她评估了自己的处境，对自己说：我可以死在这里。从这个时刻起，故事的问题变成了人物能否获得力量和智慧，去反抗并赢得胜利。

这两种时刻都可以通过梦境来表达。

我最近重读了约翰·D. 麦克唐纳的崔维斯·麦基系列的最后一本小说《银雨潇潇》(*The Lonely Silver Rain*)。在这本书中，有人让麦基去寻找一艘失窃的游艇。当他找到那艘船时，看到了一幅可怕的情景——三具被残忍杀害的尸体。然后有人想杀死麦基。接着又有另一个人想杀他。为什么？麦基不知道，只知道这一定和船上发生的事有关。为了找到答案，他展开了艰苦的调查。但是他四处碰壁。因此，在故事的中间：

> 寒冷又把我从一个梦中冻醒。我在打扑克牌，桌子是椭圆形的，桌子中央正上方吊着一盏带绿罩的灯，灯吊得太下，我看不清跟我打牌的人的相貌。他们都穿着黑色的衣服。我们玩的是抽三张，杰克叫牌。都是红色的夹带牌。我每回捡起我的五张牌，都发现牌面什么也没有，跟白纸一样。我想发牢骚，但由于某种原因，未能开口。每回放弃，我都把空白的牌面朝上，希望他们看见。别人拿的都是真牌，这一点我从每个赢家摊牌时看得出来。大家谁也不说话，赌注下得很大，全是大把大把的钞票。最后，我终于抓到一手真牌。我没有把它们打上记号，打扑克打桥牌，我从不搞这一手。这样搞，如对方是观察力敏锐的人，则会输得更惨。我有三张梅花 K，两张方块 J。在梦中我并不对此感到奇怪。他们正等着我下赌注，而我却

被冻醒了。我梦见自己抓着了好牌而紧张得全身颤抖。

其实，我真的在颤抖。①

他为什么会梦见这个？麦基知道有人要杀他，但不知道是谁（他看不见其他玩家的脸）。他和许多可能的目击者谈过，但是都没有用（空白的牌面）。他知道的事情可能是误导性的（比如一手牌里有三张梅花 K 和两张方块 J）。梦中的颤抖是因为不确定，这种颤抖直接带入了现实世界。

在我看来，这是一种完美的方式，向我们展示"胜算不大"类型的镜像时刻。梦境也很容易用来展示第一种，即"我到底是谁"类型的镜像时刻。

要有效地使用梦境，梦中应该有我们做梦时看到的那些奇怪的细节——比如空白的扑克牌突然变成同花。当然，这些符号应该以某种方式与故事中发生的事件联系起来。

好的梦境会对读者产生情感上的影响。有时候，它还会让读者停下来思考，试图弄明白它的含义。两种结果都很好，因为它能让读者对故事更投入。

---

① 麦克唐纳．银雨潇潇．尹建新，唐在龙，译．长沙：湖南人民出版社，1988.——译者注

## 按照场景而不是章节来思考

一个博主曾经问过我一个问题:如何定义一个章节。我的回答是:

> 章节只是整体的一部分。是馅饼的一片。这一片可薄可厚。过去,人们期望每一章都有一定的长度,这意味着不能太短——不能只有一两页。这种期望已经过时了。如今,章节的长度、功能和手法都可以由作者根据需要决定。

这就是为什么我更喜欢从场景的角度来思考。我自己尽量以电影化的方式写作。我们现在的文化是一种视觉文化,沉浸在电影、电视、YouTube 和 TikTok 之中。场景在功能和长度上高度灵活。你可以有大场景、小场景,甚至只是一个定场镜头。还是那句话,全看作者需要什么。只要别"太长"。现在人们的注意力是碎片化的,不再像以前那么集中。这就是为什么我们会在现在的小说中看到更短的章节和更多的"留白"。

大多数小说作家都坚持每个场景一个视角的基本规则。换句话说,你不会在两个或两个以上的人物的思想或观点之间来回"切换"。你想要保持读者和一个人物之间的亲密关系。一百年前,这不是什么大问题。全知全能的视角很常见,作者的声音"闯入"叙事也是可以接受的。现在的商业类型小说中不会有这种事了。

在我自己的惊悚小说中,有各种长度的场景。动作场景由目标、障碍(冲突的来源)和结果组成。结果通常是某种形式的挫折,这制造了悬念——读者想要继续翻页,看到人物是如何摆脱困境的。然后,在接下来的场景中,你又制造了更多的麻烦。

不过,我也会穿插一些简短的场景——半页到一页——长度合适就行。通常这些是我的主角反思、分析和做出反应的地方，我觉得让读者看到这些很重要。也可能是"跳切"到另一个位置、一个快速的过渡，或者人物的观察（我通常用第一人称写作）。

例如，在我的迈克·罗密欧（Mike Romeo）系列的《罗密欧之城》（*Romeo's Town*）的开头，迈克在书店里解决了一起持刀袭击事件。大约 1 250 词。这是一个完整的场景，有开头、中间和结尾。接下来，我插入了一个迈克接受警官问询的小场景。只有 150 词，主要是对话，用来向一个更长的场景过渡。下一个场景是一名侦探在提问。

我的迈克·罗密欧系列没有章节编号。场景之间用留白隔开。这让人感觉非常自由。这还为读者提供了许多选择，可以停下来喘口气或者加入书签——这也是章节最初出现的主要原因。

对于任何类型小说，以我所谓的"继续阅读提示"来结束一个场景或一个章节都是个好办法。有时候是悬念——糟糕的事情已经发生，或者即将发生。也可能是一种情绪上的冲击、一段有趣的对话、一个没有回答的问题。在我的写作训练营中，有一种常用的技巧是通读手稿，标出每个场景的结尾。然后看看你能否删掉一两行。通常，这种简单的技巧就能够制造让读者继续翻页的动力。

**边栏**

偶尔，你会用"成功"来结束一个场景，即视角人物实现了他的目标。不过这样做时，要想办法让胜利带来更多的麻烦。在电影《亡命天涯》（*The Fugitive*）中，资深外科医生理查德·金波（Richard Kimble）正在为一桩他没有犯下的谋杀罪逃亡。金波伪装成医院的一名清洁工。抢救室突发状况，为了救一个孩子的命，他必须马上给他做手术。他成功了！他救了那个孩子的命，但代价是暴露了自己，被迫再次逃亡。

## 增加情感的强度

罗伯特·弗罗斯特（Robert Frost）有一句名言：**作者不流泪，读者就不会流泪**。他的意思是说，你在创作故事时必须有深刻的感受，但更重要的是，必须知道如何把这种感受传递给读者。

我来提供一些建议。

### 1. 感觉

有一种从传奇表演理论家、教育家康斯坦丁·斯坦尼斯拉夫斯基（Konstantin Stanislavski）那里传承下来的技巧，叫作**情绪记忆**。当你想要在一个场景中表达某种感情时，回想你自己有过类似情绪的时刻。找一个安静的地方，运用你所有的感官重现那段记忆。包括看到的、闻到的、触摸到的、听到的和尝到的。

当你回忆起这些感觉时，你会发现那种情绪在你内心涌起。记忆使你体验到那种情绪，就好像它发生在现在一样。

只要稍加练习，你就能够在写作场景时唤起你需要的情绪。

### 2. 即兴表演

邀请你的人物来表演。在你脑海中的电影院找个座位坐下来，看看会发生什么。

闭上眼睛，让一个人物出场。设定场景，无论出现在你脑海中的是什么。

跟随人物。她是怎么行动的？她穿着什么衣服？她对背景设定有什么反应？

现在给她一个出现在这个场景中的理由。她要去哪里？为什么？让她转向"观众"，清楚地说明她要干什么。让她有非常重要的理由去做这件事。

[注意：这不是你小说中实际的场景（除非你选择使用它）。这个场景是为了让你更深入地了解你的人物。让它给你带来惊喜。]

在人物朝着目标前进的道路上，引入另一个人物，一个会成为对手的人物。

看着这个场景展开。不要试图控制它。让情绪自由流淌。让人物去努力、去斗争。激情在哪里？

沙恩·斯库利（Shane Scully）系列的作者、已故的斯蒂芬·J. 坎内尔曾说："我是一个体验派的作家。我在书中即兴表演。我会成为人物。我会作为沙恩说话，然后作为他的妻子亚历克丝说话。他们会惹我发火。我会做出反应。我必须知道我的人物想要什么，我必须对他们感同身受。这也是我的乐趣所在。"

留意那些偶尔出现在你想象中的意象。E.L. 多克托罗说，时隔多年再次造访阿迪朗达克山脉时，他感到一种"强烈的情绪"。他看到一块牌子，上面写着"龙湖"。他喜欢这个名字的读音，接着，一连串画面涌上他的心头——一列私人专列在夜色中穿越阿迪朗达克山脉，车上有黑帮成员，一个漂亮女孩在镜子前试穿一条白色长裙。他不知道这些画面是什么意思，但还是开始写了起来。

即兴的画面会让故事情绪饱满。

## 3. 计划

让你的左脑发挥作用。开始写作一个场景之前，问自己一些关键问题：

- 这个场景中的视角人物是谁？
- 他想要什么？
- 为什么他没有得到它？什么人或什么事情阻碍了他？
- 他的道路上有什么障碍？

- 他要用什么策略来达到目的？
- 会发生什么意外，导致情绪上的冲击，并且需要制订新的计划？

### 4. 写作

把你的场景写出来，越快越好。现在不是编辑定稿的时候。顺着情绪，想到什么就写什么。放飞自我！进入人物的内心。第二天再回头看这个场景，把语句调整到合适的位置上。你可能只保留一两行，但是它们提供了选择，供你在重写时参考。

### 5. 完结、删减和润色

继续写。一鼓作气。写完整本小说！

如果你怀着饱满的情绪写作，你的初稿将是一块价值连城的宝石原石。现在，像专业的钻石切割师一样完成这项工作。这就是修改的过程。

我总是把润色放在最后一步——再看一遍场景的开头和结尾，以及大段的对话（随处删减一点，就会有很大的不同）。

钻石是在高温高压的环境下形成的。伟大的小说也是如此。竭力感受你的人物和情节，制造一块珍贵的原石。然后切割和抛光。这样你的小说才能从一众平庸之作中脱颖而出。

## 强化场景的三种简单方法

场景是什么？它是一个动作单元，是用来建造小说大厦的砖块。

一个场景包含一个视角人物，人物在场景中有一个目标。如果没有目标，场景就会无趣，经不起推敲。目标必须遇到障碍，这会造成冲突。如果没有障碍，场景就会无聊。最后，要有一个结果，它必须推动读者进入下一个场景。

假设你已经用这些元素构建了一个场景。它是一块实心砖，能够用于建筑。这里提供三种简单的方法来加固这块砖。

### 1. 晚进入

假设一个场景是这样开始的：

> 第二天早上，我冲了个澡，刮了胡子，穿上我最好的西装。我要向布拉德先生证明，我不仅准时，还是一个前途无量的年轻推销员。
>
> 可是交通状况不配合。405号公路堵成糨糊，让我迟到了十分钟。
>
> 当我走进布拉德先生的办公室，他说的第一句话就是："你迟到了。"
>
> "对不起，布拉德先生，但是路上——"
>
> "我不在乎交通状况。你应该8点半到。怎么做到是你的事。"
>
> "请允许我——"
>
> "我只想听到你收拾桌子的声音。"

好吧，从技术上讲，这个开头没有任何问题。整件事情都讲清楚了。

出于节奏方面的考虑，你可以保持原状。不过，也可以考虑这样进入场景：

> "你迟到了。"布拉德说。
> "对不起，布拉德先生，但是405号公路堵车——"
> "我不在乎交通状况。你应该8点半到。怎么做到是你的事。"
> "请允许我——"
> "我只想听到你收拾桌子的声音。"
> 我灰溜溜地走出他的办公室，身上穿着我最好的西装，觉得自己很可笑。
> 我就是这样让他看到一个前途无量的年轻推销员的？真是个笑话。

注意，在这个例子中，一些叙事是通过对话来完成的。对话总是更好的选择，只要你能保持交流的紧张感。

**小提示**：看看你书中每一个场景的开头，是否可以晚一点开始。大多数时候你能做到，而不会有任何损失。

## 2. 早退出

我想，大多数作家都会把一个场景"写完"。他们希望它作为一个完整的单元结束。像这样：

> 最后，我把莫莉和我的相框放进盒子里。
> "这么说你被解雇了。"
> 我抬起头来。是客户经理詹妮弗。
> "是的。"我说。
> "别担心，"她说，"你会没事的。"
> 然后她就走了。
> 我封好盒子，最后环视了一圈我的办公室——我以前的办公室——向电梯走去。五分钟后，我来到街头。

最后一段使这个场景感觉像一个完整的单元。那么,这有什么问题?下意识地,读者会喘口气,放松一下。如果这是你想要的,没问题。不过,也可以考虑用下面的方式制造翻页的动力:

> 最后,我把莫莉和我的相框放进盒子里。
> "这么说你被解雇了。"
> 我抬起头来。是客户经理詹妮弗。
> "是的。"我说。
> "别担心,"她说,"你会没事的。"

等等,什么?她走了以后发生了什么事?读者需要知道!翻过这一页,把读者带到下一个场景,就在行动之中。

> "双份尊美醇,"我说,"不加冰。"
> 吃午餐的大部队还没到。莫顿的酒吧凉爽又黑暗。
> "早晨过得不顺?"酒保说。

**小提示**:看看你所有场景的结尾,删减一点是否会增加动力。我想结果会让你满意的。

### 3. 惊喜

我有一张便利贴,上面写着:每个场景里都应该有一点出人意料的东西。仔细想想,是什么让阅读变得无聊?——当读者知道接下来会发生什么,然后它的确发生了!

有时候,出人意料意味着改变场景的结果,提供一个重大的冲击或转折。但是我们不能每次都这样做,读者受不了。你能做的是想办法在场景内制造惊喜。同样,这很容易做到。

**小提示**:浏览场景,问自己读者对每个节拍的预期是什么。然后给他们一些不同的东西。试一试:

- 颠覆人物的刻板印象。
- 增加更新鲜的描述。

- 使用"所答非所问"的对话。

最后这个方法是我最喜欢的,多说两句。看看这个例子:

"我们去商店吧,艾尔。"
"好吧,比尔,这是个好主意。"

这就是所谓一语中的的对话。你需要一些这样的对话,因为我们在现实生活中就是这样交流的,而"所答非所问"的对话很容易给读者带来惊喜。

"我们去商店吧,艾尔。"
"你老婆昨天给我打电话了。"

或者:

"我们去商店吧,艾尔。"
"你为什么不闭嘴?"

总之,这三种简单的方法适用于任何场景。只需要花一点点时间,而回报将是巨大的。

## 专业场景

斯蒂芬·金在《写作这回事》(*On Writing*)一书中说:"喜欢什么就写什么,注入真实生活,结合你自己对生活、友谊、爱情、性爱以及工作的了解,让作品与众不同。尤其是工作。人们喜欢读关于工作的描写。上帝才知道为什么,但确实如此。"[①]

或许我可以大胆地解释一下原因。人们喜欢窥探幕后,了解一些职业的有趣细节。无论是出庭律师如何准备案件,还是拆弹专家如何拆除炸弹,抑或是牧马人如何驯服马匹,如果这些细节与故事无缝地交织在一起(这是一个很大的假设),那么读者会全神贯注地阅读。

我在我的笔记本上记下了这样一段话:

**专业场景**

《绝命毒师》(*Breaking Bad*)中有非法出售枪支的场景,卖家提供了关于枪支的各种内幕信息,以及如何拔枪,等等。在书里用上其中一两条。成为专家。

只需稍加努力,在几乎任何企业中,你都能找到了解内部信息的人。进行访谈,尤其要寻找独特的细节。在叙述中加入这些内容,避免大量罗列信息,你的读者会体验到额外的乐趣。

---

① 金.写作这回事.张坤,译.上海:上海译文出版社,2009.——译者注

# 每个场景都要出人意料

### 来自我的笔记本

写作新感悟（2008.3.2）：每个场景里都应该有一点出人意料的东西！换句话说，每个场景中都有些"不同的"东西（一些意料之外的、扭曲的、古怪的，或者只是让人不太舒服的东西），积累起来，读者就会觉得"我以前从没见过这个"。整个阅读体验都会焕然一新。

这些独特的东西可以是：

- 人物的怪癖。
- 次要人物。
- 关于工作、趋势或技术的"读者不知道的东西"。
- 敏锐的洞察力。
- 行动上180度的大转弯。
- 完全的惊喜。
- 纯粹的不舒服。为什么人物会这样？例如，在《广告狂人》（Mad Men）第三季的《凌晨时分》这一集中，康拉德·希尔顿（Conrad Hilton）一直让唐（Don）感到"不舒服"。

还有，以出人意料的方式让一些对话"所答非所问"。

注意：出人意料的东西不一定要特别张扬，只需要给人一点新鲜感。

例如：在《大侦探福尔摩斯：诡影游戏》（Sherlock Holmes：A Game of Shadows）中，夏洛克的单身汉哥哥迈克罗夫特把华生医生的妻子接到自己家，然后收到了一封夏洛克发来的电报，事关华生。电报是用迈克罗夫特和夏洛克小时候发明的密码写的。这封电报向华生太太保证，尽管华生跟这位大侦探一起去冒险了，但是他仍然爱她。整个场景中，迈克罗夫特的仆人正在泡茶。

密码是这场戏的重点，将以一种正常的方式发挥作用。

除此之外，导演做了两件出人意料的事。

首先，迈克罗夫特全裸迎接华生太太。他一丝不挂，要么是没有意识到这一点，要么就是不在乎。华生太太尽可能不去看他的裸体，同时试图弄明白电报的意思。这是一个滑稽的互动场面。

其次，次要人物迈克罗夫特的仆人是一个颤颤巍巍的老人，随时可能摔倒在地。他在背景中移动时，几次互动为整个过程增添了喜剧色彩。

## 机械降惊

你可能听说过 deus ex machine 这个词——这个拉丁语名词的意思是"机械降神"。它指的是在故事的高潮，为了解决问题，突然毫无道理地出现某些东西。主人公因此而得救，读者却忍不住大叫一声："怎么是这样！"

我读过的一些惊悚小说中就有一种"机械降惊"（向亚里士多德道歉）。即人物突然间掌握了一套技能，或者在适当的时候发现了近乎超人的力量，或者发生了某些违反物理和生理规律的事情。

比如，一个连环杀手挟持人质，与主人公对峙。警察把手伸到身后，用**左手**拔出藏在背后的左轮手枪。

然后，警察用从未练习过的左手开了一枪，射中了凶手的右肩，就在人质头部上方几英寸的地方。

血从伤口喷涌而出。

警察**又**用左手开了一枪，完美地射中凶手另一边的肩膀，又是离人质头部只有几英寸。

这时，凶手失血休克，昏倒在地。

请允许我说一句：子弹打在肩膀（或其他软组织）上不会引起血液喷射。

而且，我很难相信一个训练有素的警察，会在有无辜人员暴露的危险情境中用不熟练的手开枪。也许我们可以对第一枪睁一只眼闭一只眼。但是，警察又用左手打出了完美的一枪，人质还在那里，这就让人不能接受了。

最后，一个人不会在短短几秒钟之内失血而昏倒。一个人需要失去

3 品脱①到 4 品脱的血才会出现缺氧问题。

我不是来向这位作者扔石头的。以一种令人满意和出人意料的方式结束一部惊悚小说不是一件容易的事。或许一个顶级作家也会时不时地机械降惊一下。这可能不会对粉丝基础造成严重影响。

但是为什么要冒险呢？

---

① 1 美制湿量品脱约合 473 毫升。——译者注

# 闪回

### 什么是闪回

闪回是过去发生的一系列行动。关键词是**"行动"**。闪回的表现形式是一个或一组富有戏剧性的场景。如果只使用叙述,你就是在**告诉**我们过去发生的事。更好的办法是让读者沉浸在一个场景中,就好像它现在正在发生一样。不要这样写:

> 杰克想起小时候,他把汽油洒在了地上。他的父亲大发雷霆,把他吓坏了。
>
> 他父亲打了他,对他大喊大叫。杰克永远不会忘记这件事……

这样写:

> 杰克看着汽油桶。颜色和形状都和他八岁时拿过的那个一模一样。他只是想拿来玩。车库就是他的剧院。没人在家。他把油桶高高举起,就像举着托尔的锤子。"我是汽油之王!"他说,"我要把你们都点着!"
>
> 杰克凝视着他脚下想象中的人类。
>
> 油桶从他手中滑落。
>
> 杰克没接住,只能眼睁睁地看着油桶掉到地上,发出可怕的撞击声。里面的汽油洒在新磨的水泥地面上。
>
> 他赶紧把油桶扶起来。但为时已晚。车库中央流淌着一大摊汽油,散发着臭味。
>
> 爸爸会杀了我的!
>
> 他环顾四周,想找块抹布或者任何能收拾残局的东西。

车库门开了！

爸爸回来了。

### 闪回的目的

闪回是用来给我们提供关于人物和/或情节的基本背景信息的。它有助于读者理解为什么人物在故事中以某种方式行事。或者，它可以揭示关键的情节点，让我们更全面地理解故事节拍。通常情况下，闪回是二者的结合。

闪回还有一个战略用途。它可以是一个制造悬念的插曲。当你把故事主线停在一个让读者悬着心的地方，他们会抱着一种愉快的期待阅读闪回的部分——这就是吸引读者翻页的原因。

### 闪回的位置

我的建议很简单：

- **别太早**。让故事随着行动展开。让读者与人物建立共情。然后，当你插入闪回时会更有力。
- **别太晚**。随着故事进入高潮，我们最不需要的就是一个把我们拉回过去的场景。
- **关门之后**。故事情节只有在主角穿过不归之门之后才会完全展开——这应该发生在全书的五分之一之前。我的建议是把一个完整的闪回场景放在全书中间前后。

### 进入和退出

当然，你可以这样开始闪回：温迪想起她十六岁的时候……

然后你可以告诉我们闪回什么时候结束：温迪不再想这件事了。

不过，这里有一种更加优雅的技巧，而且屡试不爽。当你要开始闪回时，加入一个强烈的感官细节，来触发视角人物的记忆：

> 温迪望着墙壁，看见一只蜘蛛正朝着一只被网住的苍蝇爬去。它缓慢而坚决地向它的猎物移动。就像多年前莱斯特对温迪做的那样。
>
> 那时她十六岁，莱斯特是校园里的风云人物。"嘿，"有一天他在储物柜边跟她打招呼，"想去看电影吗？"

现在我们在闪回中了。把它写成一个戏剧性的场景。

如何退出闪回？通过回到关于蜘蛛的感官细节（在这个例子中是视觉）。读者会记得这一点，知道我们又回来了：

> 莱斯特在车后座上采取了行动。"这不会太久的，宝贝。"
>
> 蜘蛛爬到了网上。温迪看到它遮住苍蝇时，胸口泛起一阵恶心。但是她无法移开视线。

## 回闪

并不是只有一个完整的闪回场景才能介绍背景信息。还有一种方法，我称之为"回闪"。这是一种短暂的爆发，你可以在一个当前的场景中插入关于过去的信息。有两种主要的形式：对话和心理活动。

### 对话

> "嘿，我认识你吗？"
>
> "不认识。"
>
> "哦，对了。你上过报纸，大概十年前吧？那个在小木屋杀死父母的孩子。"
>
> "你弄错了。"
>
> "切斯特·A. 阿瑟！他们给你起了总统的名字。我记得那个故事。"

对话中的回闪揭示了切斯特沉重的过去。这是一个好办法，可以在故事中的紧要关头揭示关于过去的惊人信息或黑暗秘密。

**心理活动**

"嘿,我认识你吗?"

"不认识。"这家伙认出他来了吗?城里的每个人都会发现他是切斯特·A. 阿瑟,杀死父母的凶手吗?

"哦,对了。你上过报纸,大概十年前吧?"

是十二年前,这家伙盯上他了。该死的报纸,说他因为嗑药嗑嗨了,杀死了他的父母。他们不在乎他受到的那些虐待,不是吗?这个家伙也不在乎。

回闪的好处在于它能够制造神秘感。不要一次给出全部信息,要让读者渴望知道更多。让他们等到下一次回闪,然后是再下一次……让他们疯狂地翻页。

## 反复斟酌你的结局

据说，英国演员埃德蒙·基恩（Edmund Keane）在临终前说："死亡很容易。演喜剧很难。"

同样的道理，我总是说：开头很容易，结局很难。我可以写一整天的开头。但是，如果我要就其中一个故事接着写下去，让读者不停地翻页，然后以一种让他们非常满意的方式结尾，继续去找更多我的书来读——这就很困难了。

我喜欢引用米奇·斯皮兰的话："第一章决定这本书是否畅销。最后一章决定下一本书是否畅销。"

作为一个计划派作家，我在开始写作时脑子里总是有一个结局的。当然，结局随时可能更改。具体细节还需要写着看。但是涉及的人物、利害关系和我想要营造的**感觉**都在那里。

我在自己脑海中的剧场观看这一幕。

我在我的小组博客"杀戮地带"中谈到过我写结局的方法：

> 现在，我正在创作的这部作品正写到主人公迈克·罗密欧即将孤注一掷，进行最后一战。
>
> 这是我慢下来的地方。
>
> 过去三个星期里，虽然快写到结尾了，但我还是花了一些时间离开键盘，思考最后一幕场景及其编排设计。要让一切顺理成章，设定是至关重要的。我知道结局会发生在哪里——在洛杉矶的一个特定地点（一个出人意料的地方！）。
>
> 我在谷歌地图上花了很多时间来了解这片地方。
>
> 我开车去了现场，拍了照片，修改了一些细节。（我喜欢在我的书中使用真实的地点，但是保留根据需要进行调整甚至虚构的权利！）

我很清楚结局是什么，它已经开始让我兴奋了。

这是关键。如果结局不能让我兴奋，又怎么能让读者兴奋呢？

但是，随着场景变得更加生动，我遇到了一些问题。这是好事。解决情节问题是我们作为作家需要锻炼的技能之一。我相信，只要付出足够的时间，任何问题都可以解决。

我的问题包括正确的武器（迈克如何得到他需要的武器？）、警察的存在（最后的战斗是如何发生在警察眼皮底下的？），以及地形（街上的人、汽车、建筑）。

针对每个问题，我都做了更多的研究，在脑海中像看电影一样把这个场景再看一遍。当一名作家的好处在于，你不必花钱进行昂贵的重拍，也不会有制片厂叫停你的制作。

反复斟酌，让你的地下室男孩们忙碌起来。我会去忙些写作以外的事务，或者干脆坐下来看书，直到他们给我送来一个好主意或者一种可能性。（我得记得给他们送点甜甜圈。）

我会测试每一种改变，看看它们能否让我更兴奋。如果能，就这么改。

最后——对我来说也是最重要的因素——是共鸣。共鸣是你留给读者的最后一个音符。就像贝多芬交响乐的完美结尾，音乐会结束后，它还会久久萦绕在你的心头。这就是为什么我总是在小说的最后一页上花最多的功夫。

还记得电影《绿宝石》（*Romancing the Stone*）中精彩的开头吗？凯瑟琳·特纳（Kathleen Turner）饰演的言情小说作家正在电脑屏幕上打出她小说的结局。镜头切换到键盘前的她时，她刚刚打完最后一个字母，泪流满面。她的结局感动了她，就好像它是发生在现实生活中的一样（在电影中，很快就是这样了！）。

"作者不流泪，"罗伯特·弗罗斯特写道，"读者就不会流泪。"

所以反复斟酌吧。观看。编辑。再斟酌。然后写完最后几页，它们值得你句栉字比。

# 打斗场面

我有幸采访过入选《作家文摘》畅销书榜的《打斗场面写作》(*Fight Write: How to Write Believable Fight Scenes*) 一书的作者卡拉·霍奇 (Carla Hoch)。卡拉本人是一位作家，也是一名训练有素的格斗家，会十几种武术和格斗技巧。下面是这次访谈的部分精华：

### 关于锁定场景

每个作家都有自己的创作习惯。不过，作为一名作家和格斗家，我强烈建议你围绕受伤来锁定打斗场景。首先，从受伤开始给了你一个目的地，如果你知道应该在哪里结束，到达那个点就会容易得多。有一个受伤的目标也会让故事始终处于核心位置。无论你想在场景中造成什么伤害，都必须推动情节发展，或者将读者带入故事中。围绕伤害来设计动作，能够保证你得到情节或人物发展所需要的创伤。我有一门课，讲的就是受伤和它们能给你的故事带来什么。它们真的是很棒的工具。

以受伤为目标也决定了动作。一个想要打断别人鼻子的人物和一个想要绊倒别人的人物，他们的动作是不一样的。此外，如果你想要轻微的伤害，立刻就排除了某些武器和动作。如果我需要人物死亡，那么我就知道，我需要创造一个能让这种情况发生的场景。

我真诚地建议你动起来，尝试走位，了解你的人物是如何引导自己的身体的。如果你没有格斗经验，这一点尤其重要。而且，不要担心，你不需要像你的人物一样是个高手。只要动起来，看看你写的一连串动作能不能真的连起来。

当你做动作时，想想这些动作是如何影响每一个参与者的，不仅是进攻方，还有防守方。假设你的人物被一记上勾拳击中了下巴。如果你的下巴被朝上重重一击，你的头会怎么样？它会向后仰。那么，如果这一拳把你击倒，你会朝哪个方向倒下？尽你所能地朝上看，看看你的身体会如何运动。你会注意到，你的整个身体是向后倾斜的。如果你被击倒了，你很可能会仰面摔倒。现在你知道了，如果你的人物需要向前摔倒，上勾拳不能实现这个目标——因为你动起来了。

身体反应是打斗策略的一部分。格斗家使用特定的技巧，是为了从对手那里得到特定的反应。例如，如果我在拳击中想要击打对手的下巴，但是他们把脸保护得严严实实，我会转向击打他们的身体。如果我能打中对手的腹部，当然很好，但这不是必需的。我想要的是让对手把手放下来，保护腹部，从而暴露他们的下巴，或者让他们收缩腹肌，把他们的头低下来。头低下来以后，即使我不能打中他们的下巴，太阳穴也可以是很好的目标。

在这一点上，不要太花哨。说实在的，读者更想知道动作的含义，而不是动作本身。读者想要感官体验。这是他们能够共情的东西！不是每个人都知道被人打中眼睛或者打别人的眼睛是什么感觉。但是每个人眼睛里都进过灰尘。他们知道，当一只眼睛受伤时，另一只眼睛会眯起和流泪，你会看不见，然后会流鼻涕、抽鼻子和打喷嚏，虽然只是眼睛进了灰，但是一切仿佛都停止了，直到入侵的异物离开你的眼睛！简直让人抓狂！利用这种常见的、让人抓狂的经历。

### 关于体型优势

你可能听人说过，技术胜过体型和力量，所以只要你的小个子格斗者训练有素，他们就没问题。我来告诉你。来，靠近一点，我小声点说，以免冒犯到任何相信这个谎言的人。那些说技术总是胜过体型和力量的人，要么自己是个大块头，要么一辈子从来没有打过架！

小个子的优势在于他们习惯了体型上的差异，并且学会了如何应对这种差异。他们知道为了击打个子更高的人，他们需要做什么，因为这是他们经常面临的问题。小个子也更容易从大块头的钳制中溜出来。我的柔术教练肌肉发达。当他弯曲手臂时，他的肱二头肌会碰到前臂，告诉你吧，这是我的福音。他的肱二头肌上方有一小块空间，我可以把我的手挤进去，作为一个支点。我的另一个教练个子很高。他的四肢太长了，很难紧紧抓住我。

物理学也站在小个子一边。他们更擅长旋转，能比大个子更快地改变方向，因为他们的质量更小。这就是体操运动员大多是小个子的原因之一。然而，这并不意味着大块头就不能像小个子一样身手敏捷。

然而，总体而言，小个子是处于劣势的。他们的质量更小，这意味着要产生和大块头一样大的冲击力，他们的速度必须非常快。这就是格斗运动要按体重分级别的原因之一。体型更大的对手通常有更多的肌肉。更多的肌肉意味着更大的力量和更重的身体。这一切都对小个子不利。我的确跟大块头的队友较量过，我字面意义地挂在他们身上，仍然尽我所能地战斗。在课堂上这很有趣。在巷战中，这就意味着死亡。我之所以能够在格斗运动中打败体型更大的对手，是因为我的对手愿意遵守这项运动的规定，而不是直接把我拎起来扔出去，或者像拍死一只虫子一样把我压扁。

### 需要避免的打斗俗套

一个俗套是达斯·维达的经典动作：掐住一个人的脖子，把他拎起来。你不能这么做。首先，人类的脊柱不是靠顶端的颈椎来支撑身体的重量的。这就是为什么绞刑是一种死刑。而且，如果你真被这样抓着，是不能像许多这种场景中的人物那样说话的。最后，用一只手臂，尤其是伸直的手臂来支撑这个重量，需要巨大的力量，即使你有这么大的力量，这个重量也会让你向前倒下。

我看到的另一个俗套是同时使用两把刀。我学过一点菲律宾武术，其中就有一种双刀术，称为 Estilo Macabebe。我对人物使用这种招式没有意见。问题是他们为什么会使用这种招式。Estilo Macabebe 起源于一种特定的目的。你的人物的战斗风格也应该有一个目的，与他们自己和作品的背景相适应。他们不能只是为了炫耀或耍酷而使用双刀。相信我，训练有素的格斗家不会炫耀。他们希望以最小的努力收获最大的效果。如果他们不怕麻烦地使用双刀，一定是有原因的。是的，其中一个原因可能是威慑，希望避免冲突。所以，是这样，即使一个格斗家打斗得十分炫酷，也一定远远不只是为了耍酷而耍酷。

### 关于一拳打在脸上

赤手空拳打人会使手受到严重伤害。拳击运动员戴手套不是为了保护对手的脸，他们是为了保护自己的手。手套里面有一层紧密的包裹物，把手部的骨头紧紧裹在一起，进而保护它们不被折断。拳击导致手部骨折是非常常见的，所以无名指和小指骨折也被称为"拳击手骨折"。手部的骨头不是用来承受拳击的冲击力的。我们的妈妈说得对，手不是用来打人的。

不管怎么说，总是有人一拳打在别人脸上。如果他们没有遭遇"拳击手骨折"，要么是他们走运，块头比目标大得多，要么是他们的职业让他们的手骨比实际上更结实。打拳又不弄伤手骨最好的办法就是根本不要打拳。我知道，我也讨厌这个答案。这就像当我问我的柔术教练如何摆脱某种困境时，他的回答是："不要让自己陷入那个境地。"

教自卫课时，我建议使用锤拳、防御性掌掴和掌击。锤拳是用拳头向下击打。动作和用锤子砸东西一样，因此得名。如果你要向下击打，锤拳是一种方法。防御性掌掴是用手环成杯状击打对手的脸。像拳击一样用上你的整个身体。别让"掌掴"这个名称误导了你。格斗运动中会使用防御性掌掴，它能把你击倒，也能使耳膜破裂。如果你要横向进攻，用它最合适了。掌击是向前或向上直击。用你手掌的根部接触对手。掌击能打断鼻子，打破嘴唇，严重伤害眼睛。

### 打斗的后果

伤害别人也会伤害自己。在身体上，殴打某人会让你的肌肉酸痛，弄疼你的手。一段时间以后，本来轻飘飘的刀子会越来越重。甚至长时间的射击也会让你浑身疼痛。

伤害别人也会造成攻击者心理上的伤害。攻击者越接近他们攻击/杀害的人，创伤后应激障碍的发病率就越高，尤其是当他们看到受害者的脸时。是的，坏人也会得创伤后应激障碍。他们只是不说。但是，如果你去看对杀人犯的采访，你会听到他们说，他们会梦见他们杀死的人。或者你会注意到，他们是完全麻木的，不流露任何与他们的行为相关的情感。后者是一种更不健康的状态，因为他们不允许自己的思想去处理自己做过的事情。

有些人的工作可能要求他们伤害别人，他们要接受训练，让大脑做好这样做的准备。我在书中讨论过这种训练的几个方面。一些最常见的技巧是向人形目标开火，以及用不让人想起对方人性的词语来指代他们。这就是为什么你会听到警察和士兵使用诸如"罪犯""嫌疑犯""叛乱分子""袭击者"之类的词。他们使用这些词不是因为他们不重视人。警察和士兵从事他们的工作，正是因为他们重视人。他们使用这些词，是因为他们被训练使用这些词；他们被训练使用这些词，是因为在某些情况下，他们必须杀死这个人来拯救其他人。对大脑来说，"干掉一个目标"比"杀死一个人"更容易接受。但是，即使进行了心理训练，心理也会受到影响。创伤后应激障碍这个词直接来源于对越战老兵的研究。

### 关于 JACA 的使用

JACA 是威胁评估专家用来确定威胁是否可信的矩阵。它是由《恐惧给你的礼物》(*Gift of Fear*) 一书的作者加文·德·贝克尔（Gavin de Becker）创造的。

JACA 代表的是一组帮助预测暴力的问题。当一个人发出威胁时，需要问他以下几个问题：

● **正当理由**（Justification）——这个人是否有正当理由采取他威胁要采取的行动？他被抛弃、被解雇、被羞辱了吗？他是否有自己认为正当的理由,去做他威胁要做的事?

- **替代方案**(Alternatives)——这个人是否看到了暴力解决以外的替代方案?换句话说,这个人是否合理地认为,除了暴力之外没有其他方法来解决这个问题?
- **后果**(Consequences)——这个人认为暴力的风险和回报相称吗?他关心自己结果会怎样吗?
- **能力**(Ability)——这个人有能力实施威胁吗?他的距离足够近吗?他有相应的武器或者身体技能吗?

### 关于煤气灯效应

煤气灯效应是一种精神操控。这种方法试图通过让他人质疑现实来控制他们。当一个人不能确定什么是真实的时,他们不知道另一个人对他们的控制力有多大。这是自恋者、邪教领袖、独裁者和我的猫多蒂经常使用的策略。从他们嘴里说出来的一切都是彻头彻尾的谎言和操控。

煤气灯效应制造者是心理操控者,他们的手段之一是制造虚幻的真实。他们经常谈论某些事,以至于其他人开始相信他。他们信誓旦旦地撒谎,以至于你会怀疑自己是否应该质疑他们。即使有证据,他们也会否认自己说过的话。当他们被逼入死角时,他们会转移话题,告诉你你疯了或者太敏感了。

心理操控者靠制造混乱和拉帮结派(或者至少让你相信他们在这样做)来"向你证明"你是错的。"大家都知道你是什么样的人。""每个人都说你太敏感了。"他们还会把自己的罪行投射到你身上指责你。"你在欺骗我,我知道。""你总是撒谎。你的朋友们都是这样告诉我的。"最重要的是,他们会不遗余力地否认自己是心理操控者。

煤气灯效应的受害者经常质疑自己。在与心理操控者互动后,他们经常感到困惑或抓狂。他们感到绝望和不快乐,并且不明白为什么他们的生活中有那么多美好的事情,自己却有这样的感觉。他们会为了避免被心理操控者贬低而撒谎。他们很难做出决定。

心理操控者能够制造的伤害，怎么形容都不为过。他们是恶魔。

### 被击倒是什么感觉？

首先，我认为人们相信被打得失去意识是脑震荡的结果。重击造成的脑震荡会让你失去意识，但失去意识并不意味着你得了脑震荡。老实说，我觉得人们摔倒撞到地面时更容易发生脑震荡。

任何时候，只要身体受到足以扰乱血液流通的重击，就会短暂地失去意识。这是身体在努力使大脑和心脏保持平衡，以最大限度地增加血液流动。而且，除非你能飘浮起来，让头部和胸部处在同一个水平面上，否则你就必须躺下。

当一个人因为打击或窒息而失去意识时，他们不会长时间保持这种状态，除非他们的大脑受到了相当大的损伤。迄今为止，我还从来没有让我的队友失去意识，看看他们需要多长时间才能清醒过来。不过我听说，如果没有其他外力作用，他们可能昏过去十秒钟左右。同样，这是在没有脑损伤的情况下。

其次，那些没有亲眼见过的人不知道，当人们被击倒时，最吓人的是，在失去意识的状态下，他们会抽搐、扭动，有时候还会发出嘶嘶声。说实话，他们看起来好像快要死了。他们四肢僵硬、脚趾弯曲，这都是因为身体在试图"重启"自己。神经紧张到了疯狂的程度。

此外，当一个人恢复意识时，他们往往会回到被击倒/窒息之前那一刻。所以，他们可能会拳打脚踢。几周前，我的柔术教练窒息过一次。我跑过去抬起他的脚，让更多的血液流向大脑——这是你应该做的。大概五秒钟后，他恢复了意识，立刻伸出手来，好像刚才那一架还没打完。当他看到我站在他头顶上方时，问我发生了什么事。我告诉他我把他勒晕了。（不是我。我在骗他。我不后悔。）我能看出来他在认真回想，四处张望。最后，他想起了昏迷前的那一刻，看着那个打败他的家伙。每个人都笑了。但是，直到今天，我还在骗他，向他保证是我把他勒晕的。（我还是不后悔。）

对 话

- ◆ 行动中的对话
- ◆ 善用破折号
- ◆ 让人物说出你想让他们说的话
- ◆ 别给对话贴太多标签
- ◆ 不要过度使用"某人说"

## 行动中的对话

关于对话,最好的定义来自剧作家约翰·霍华德·劳森(John Howard Lawson)。

> 对话是行动的压缩和延伸。

永远记住,无论多么微不足道的人物,说的任何话都是为了某种目标。他们肯定想要达到什么目的,即使是像结束谈话这样的小目的。说话(和行动)都是为了达到目的。

比如说,一个人急着要赶到城市的另一头去。他让旅店的门卫给他叫一辆出租车。门卫照办了。

出租车来了,主人公正要上车,门卫(一个不会再出现的小角色)大声清了清嗓子。这也是一种行动,甚至不需要语言!

主人公犹豫了一下,看了看门卫。门卫伸出一只戴着白手套的手。

他的目的是清嗓子吗?当然不是,是为了要小费。

这就妨碍了主人公想要尽快离开的愿望。冲突!

当你开始写对话场景时,问问自己每个人物想要什么。出现新人物时——即使是一个小角色——你也要问他同样的问题,让他的需求与其他人产生冲突,或者至少制造乱子。

## 善用破折号

在对话中,破折号表示打断,紧接着应该是另一个人说的话(或者一个切断句子的动作,比如子弹穿过心脏)。

下面的对话出自《罗密欧之锤》(Romeo's Hammer)。

> "这是个了不起的成就,"我说,"你知道,'kara'是一个古老的词,意思是净化一个人的思想,抛弃那些邪恶的念头,谦卑地接受和平与温柔。所以说,你是在滥用自己的原则。这不是一个好办法——"
> 
> "闭嘴!"

注意:

- 破折号紧跟着前一个词。中间没有空格。
- 引号可能有点麻烦,因为它可能反向出现,像这样:

> 这不是一个好主意——"

苹果电脑用户可以在破折号之后按 Shift-Option-[,引号就能正确显示。(我不知道其他电脑上的按键组合是什么,不过你可以复制粘贴一个。)

了解破折号!

有三种相似的标点符号:

- 连字符,把两个单词连在一起。
- 一字线,用于表示起止日期(例如,1859—1910)。
- 破折号,在对话中只用于两种情况:
  > 被另一个人物打断(见上文)。
  > 自己打断自己:
  
  > "慢一点,"杰克说,"你在开车——停下!看那边。"

## 让人物说出你想让他们说的话

我们都有过这样的经历。参加完一个派对,开车回家。刚刚在派对上聊得热火朝天。有人说了一些蠢话,我们想:那么说真是太愚蠢了。但是我们不愿意去当出头鸟,所以没有回应。

现在,在回家的路上,我们又想起了那句话。完美的反击!机智,聪明,一针见血。要是能回到刚才就好了!我们就像传说中阿冈昆圆桌会议①的成员。("我们俩的办公室太小了,再小一英寸就是通奸了。"——多萝西·帕克)

这种命运不必降临到你的人物身上,因为你有充裕的时间进行思考,可以让他们当场做出机智的应对。

事先声明,机智并不一定意味着有趣。许多时候的确如此,但机智真正的基础是犀利。它一语中的,令人难忘。

例如,在《卡萨布兰卡》中,里克正在与低级阴谋家犹加特交谈。犹加特说:"你瞧不起我,是不是?"

里克说:"坦白地说,也许是的。"

这句话很犀利,令人难忘,也很符合里克的性格。

这是关键。你不能在不适合的地方强行插入机智的对话。它需要听起来像人物真正会说的话。

### 给语言增加弧度

几年前,我参加了当时尚在人世的丹尼·西蒙(Danny Simon)的喜剧

---

① 20世纪二三十年代美国文坛的非正式团体,其成员工作日每天在纽约市阿冈昆酒店的一个圆桌会议上共进午餐,该团体以成员间生动、诙谐的谈话而著称。——译者注

写作课。丹尼是尼尔的哥哥，也是电视行业的资深人士。尼尔和伍迪·艾伦（Woody Allen）①都认为是丹尼·西蒙教会了他们如何写叙事喜剧。

丹尼·西蒙最重要的经验之一就是，永远不要写"段子"。喜剧必须是人物在那个时刻真的会说的话。因此，为了让台词更有趣、更令人难忘，他建议"给语言增加弧度"。

具体做法是，先随便写下一句台词，通常是以一种平铺直叙的方式。然后对它进行加工——给它增加弧度——直到它显得更机智。

这里用劳伦斯·布洛克短篇小说中的一句话来做演示。两个警察在谈论一个相貌丑陋的犯罪嫌疑人。一个警察问另一个："这家伙有多丑？"平铺直叙的答案可以是："真的很丑。"没什么意思，不是吗？改成"上帝把他造得真难看"怎么样？

继续增加弧度。"上帝把他造得要多难看就有多难看。"

差不多了，不过还差一点。故事中真正的台词是："上帝把他造得要多难看就有多难看，然后又用铲子朝他脸上拍了一记。"

这就是金句。

作为经验法则，试着在你小说的四个象限——第一幕、第二幕前半、第二幕后半和第三幕——各加入一个金句。每逢一个金句出现，人物就会从页面中跳出来。

在你的小说中尝试：

● 在每一幕中找出几行人物表达强烈的情绪或观点的对话。

● 给每句台词增加弧度，让它们更生动。

● 检查一遍，确保台词不会牵强，能与你的人物塑造保持一致。选用其中最好的！

那些"跳出页面"的人物丰富、饱满，有时候他们的言行难以预测，能够创造真正令人难忘的阅读体验。这就是使读者成为粉丝的原因。

---

① 美国著名导演。——译者注

## 别给对话贴太多标签

关于对话的主谓语,也就是对话的"标签",我的建议是,越简单越好:

- 默认使用"某人说"或"某人问"。这就够了,不会碍事。
- 尽可能从对话本身或动作节拍中表现某人是怎样说话的。

这样你就不需要任何标签了。

看看这个例子:

"艾伯特!"乔纳森咆哮道,从桌子对面投过冷冷的一瞥,"别再那样做了。"

我们不需要"咆哮",因为从感叹号和冷酷的表情就能看出来。下面是我在对话中看到过的其他一些标签:

反驳
告诫
辩护
恳求
回答
嘟囔
尖声说

在绝大多数情况下,这些是不必要的,小说中任何不必要的东西都会成为我所说的"减速带"。故事中每过一次减速带,就会让读者失去一点乐趣。加在一起,就会让读者的阅读之旅磕磕绊绊。我们想要一路畅通!

下面是另一个例子：

"我……我不知道。"艾伯特结结巴巴地说。

我们不需要"结结巴巴"，因为可以从句子中看出来（或者听出来）。

现在，关于我们可靠的朋友**"某人说"**，必须指出，它也可能被过度使用。参见下一节。

## 不要过度使用 "某人说"

我承认下面的例子只是一个小磕绊，但它仍然是一个不必要的减速带。所以，它为什么要存在呢？

这句话出自一本畅销小说：

> 女招待端着咖啡壶来到我们桌旁。"要咖啡吗？"她说。

好吧，除了她还会有谁这么说呢？当你在对话之前或之后有一个动作，就不需要再加上"某人说"。

> "把它拿走！"她挥舞着手臂说。

更好的写法是：

> "把它拿走！"她挥舞着手臂。

或者：

> 她挥舞着手臂。"把它拿走！"

再看这个例句：

> 布洛克一屁股坐在椅子上。"你想从我这里得到什么？"他问。

更好的写法是：

> 布洛克一屁股坐在椅子上。"你想从我这里得到什么？"

我喜欢"某人说"的表述方式。它是一匹驮马，能做好自己的事，不会碍事。从不使用"某人说"（从头到尾只有动作节拍会让读者疲惫不堪）是一个错误，不必要地使用它也是。

# 语气和风格

- ◆ 眼睛说明了一切
- ◆ 形容词
- ◆ 新鲜的细节
- ◆ 新鲜的俗套
- ◆ 多余的词
- ◆ 拓展你的风格
- ◆ 闭着眼睛写作
- ◆ 题记
- ◆ 作家应该使用同义词词典吗？

## 眼睛说明了一切

> 她手伸到背后解开背心的摁扣,随手把它扔到地板上。她的眼中好像流淌着如水的烟雾,眼神表现出对外界的毫无兴趣。
>
> ——詹姆斯·琼斯(James Jones),
> 《从这里到永恒》(*From Here to Eternity*)

读者会在心里描绘一个人物的形象——包括眼睛——无论你是否描写他们的形象。我倾向于只描写主角和那些强大的配角。大多数的小人物和"路人"(那些场景中需要的小角色,比如服务员或门卫)通常不需要形象描写。

一旦我们决定描写眼睛,通常首先想到的是颜色。比如,她有一双蓝眼睛,穿着一条黄裙子。实用,但并不令人难忘。玛格丽特·米切尔(Margaret Mitchell)的《乱世佳人》有一个著名的开头,是一段华丽的形象描写:

> 斯嘉丽·奥哈拉长得并不美,但是男人一旦像塔尔顿家孪生兄弟那样给她的魅力迷住,往往就不大理会这点。她脸蛋上极其明显地融合了父母的容貌特征,既有母亲那种沿海地区法国贵族后裔的优雅,也有父亲那种肤色红润的爱尔兰人的粗野。不过这张脸还是挺引人注目,尖尖的下巴颏儿,方方的牙床骨儿。眼睛纯粹是淡绿色的,不带一点儿淡褐色,眼眶缀着浓密乌黑的睫毛,稍稍有点吊眼梢。[①]

你可以通过加入眼睛对视角人物的影响,来给你的描写增色,比如理查德·普拉瑟(Richard Prather)的黑色短篇《恍然大悟》(The

---

[①] 米切尔. 乱世佳人. 陈良廷,等译. 上海:上海译文出版社,2010. ——译者注

Double Take）：

> 她的眼睛是一种亮得令人难以置信的电蓝色，向我射出火花。

类似的还有《沉默的羔羊》中对汉尼拔·莱克特的描写：

> 莱克特医生的眼睛呈褐紫红色，反射出红色的光点。有时那光点看上去像火花，正闪烁在他眼睛的中心。他两眼紧盯着史达琳全身上下。①

大卫·科波菲尔（David Copperfield）描述了他第一次看到尤来亚·希普（Uriah Heep）的脸时的情景：

> 那张脸属于一个长着红头发的人——我现在想来，那是一个十五岁的青年，但长相要大得多——他的头发剪得很短，像麦茬一样；他几乎没有眉毛，也没睫毛，眼睛呈红棕色。我记得我当时曾觉得奇怪：生有那样没遮没盖的一双眼，在晚上他怎么入睡呢？②

虽然颜色是我们描写眼睛时的默认属性，但它不是必需的。一个常用的替代方法是使用比喻：

> 他的眼睛像湿漉漉的旧地毯。
> ——理查德·布劳提根（Richard Brautigan），
> 《草坪的复仇》（Revenge of the Lawn）

> 他已经四五天没刮胡子了，鼻子皱着，皮肤惨白，脸上长长的细疤几乎看不出来，眼睛像雪堆里的两个洞。
> ——雷蒙德·钱德勒（Raymond Chandler），
> 《漫长的告别》（The Long Goodbye）

> 我见过的 X 光机都不能像那个女人的眼睛一样看穿你的骨头。
> ——丹·J. 马洛（Dan J. Marlowe），

---

① 哈里斯. 沉默的羔羊. 杨昊成，译. 南京：译林出版社，2013. ——译者注
② 狄更斯. 大卫·科波菲尔. 石定乐，石定柔，译. 武汉：长江文艺出版社，2012. ——译者注

《游戏的名字是死亡》(The Name of the Game is Death)

> 他有张大脸和厚下巴。头发呈青灰色,烫了一种难看的波浪形。她有一个鹰钩鼻,湿润的大眼睛像两块湿漉漉的有表情的石头。
>
> ——雷蒙德·钱德勒,《高窗》(The High Window)

理查德·麦瑟森(Richard Matheson)的著名科幻短篇《爱人来到我身边》(Lover When You're Near Me)发生在遥远的未来,一个殖民星球上居住着一种名叫 Gnees 的生物:

> 他坐在那儿,时不时打量着她的眼睛。那双大眼睛占据了她三分之二的脸,就像小学生用的带有深色纹路的大玻璃碟。而且它们湿漉漉的,像盛满了液体的碗。

还有一个我永远不会忘记的对眼睛的描写,完美地捕捉到了人物的个性。这段描写来自约翰·D. 麦克唐纳的《比琥珀更黑暗》:

> 她慢慢坐起来,轮流打量着我们每一个人,她的黑眼睛就像两个深深的洞穴的入口。那些洞穴里没有任何生物。或许在很久以前曾经有过。现在,那里只有成堆的骨头、墙上的涂鸦和一些烧火剩下的灰。

眼睛说明了一切——或许比其他任何描写都更能让我们了解人物是谁,心中隐藏着什么秘密。使用颜色、比喻和/或眼睛对视角人物的影响,你的小说会更精彩。

## 形容词

来自我的笔记本

风格技巧：一个"一般的"形容词，加一个特别的、引人注目的形容词，加名词。

一种奇怪的、发出冷光的凝视。

一种怪异的、喷火的恐惧。

可怕的烟火般的尖叫。

我是在读约翰·D. 麦克唐纳的书时想到这一点的。经常有人告诉我们，删掉那些平凡的形容词和动词。大多数时候，这是合理的建议。不过，有些情况下是有机会一举两得的。用一般的形容词描述人物的反应或评价。用第二个形容词为读者创造生动的感受。

## 新鲜的细节

来自我的笔记本

非虚构作家威廉·津瑟（William Zinsser）说，要追求新鲜的具体细节。不要写那些显而易见的东西（比如，海鸥飞过海滩）。

这也适用于小说。去搜寻"细节"，找到那些新鲜的！

如何想出新鲜的细节？

- 把那些显而易见的细节列一个清单，不要使用它们。
- 列一个比喻清单。多多益善，然后选出其中最好的。
- 提问：考虑到人物当时的情绪状态，他们会在这个场景中注意到哪些不明显的东西？有什么线索能够暗示发生的事？

## 新鲜的俗套

作家们都被教导,要像躲避瘟疫一样躲避俗套。

嗯哼。

但是还有另一种方法。你可以让俗套焕然一新并从中受益。

哈尔兰·艾莉森(Harlan Ellison)曾经写道:

> 她盛装打扮,和平常一样,看起来就像免税的百万美元。

埃尔默·伦纳德有一条著名的规则(或者臭名昭著的规则,取决于你对作家守则的看法):永远不要使用"突然"或者"一切都失控了"。

但是如果我们想要使用后者呢?这样如何:

> 一切都失控了,附近的每一条狗都跳了起来。

写作时,当一个俗套跳进你的脑海,不要把它踢到一边去(看到我是怎么做的了吗?)。考虑一下,看你能不能让它像清晨贪婪地吸收阳光的雏菊一样新鲜。

## 多余的词

关于写作这门技艺,我喜欢跟那些痴迷于钻研细节的同行们交流。我喜欢深入讨论副词、视角违规,以及在"哦上帝"中间是否应该有逗号之类的问题。(对于最后一个问题,从严格的语法规则上讲,答案应该是有。但我认为这取决于人物的反应——是忧郁还是恐惧?后者没有逗号。多余!)

这里我想讨论四个多余的词。这是最细枝末节的东西,但是在我看来,也是写作这门技艺最迷人的地方。

### 然后(Then)

这是第一人称视角会出现的问题。比如:

> 我又喝了一口那杯淡而无味的可乐,让她先离开,然后我付了钱,在吧台上放了几块小费。走出门外,我爬上台阶到街上去。
> ——劳伦斯·布洛克,《到坟场的车票》(*A Ticket to the Boneyard*)

在这里,"然后"这个词是用来控制节奏的。这个动作并不"剧烈"。作者在控制速度。我自己也是这样做的,当动作很剧烈时,我就不用"然后"了。我会让句子精练再精练。不过如果我需要慢一点,这个词就很方便。

这个词还有另一种我喜欢的用法,就是当你想要强调一个非常情绪化的时刻。然后,她走到我身边,把我搂进怀里。严格说来,这里不需要"然后"。不过,嗯……它有一种微妙的强调效果。

### 突然(Suddenly)

关于这个多余的词,这里多说两句。埃尔默·伦纳德说永远不要使用它。

而我要说，为什么不能用？

在我的惊悚小说《罗密欧之怒》(Romeo's Rage) 中，有一个场景是迈克·罗密欧和他的爱人索菲在一家餐馆里，那里正在举行一场小规模的抗议活动。迈克面对着讨厌的记者和他们高高举起的手机，开始用话术对付其中一个人。

"闭嘴！"那个记者喊道，眼看着场面可能变得更加白热化。

> 突然，索菲来到我身边，看着镜头。

这就是迈克当时的感受。这是他内心的想法。既然这里是第一人称，我们就可以深入他的思想。如果没有"突然"，读者可能会以为索菲一直站在迈克身边，而不是像这样展示出她全新的一面——愿意投入一场争论。

这里还有一个关于心理活动的例子，来自另一个迈克。准确地说，是来自米奇·斯皮兰的《致命的吻》(Kiss Me, Deadly) 中的迈克·汉默。在第一章中，汉默遇到一个在路上游荡的神秘女人。他准备带她去纽约，但是另一辆车加速冲到他们面前并且突然停车，两辆车撞在一起。迈克从车里跳出来，另一辆车里的人也跳出来。枪声响起。迈克头上挨了一枪，倒在地上。当他终于恢复意识时（注意我们的朋友"然后"，原文中它就是加粗的）——

> 这就像是从一种不舒服的睡眠中醒来。是疼醒的，你能听到自己在呻吟，试图搞清楚是怎么回事。**然后**，你突然清楚地意识到这不是一个噩梦，而是真的发生了某些可怕的事。

## 非常（Very）

我通常避免使用这个词。许多了不起的类型小说作家——比如钱德勒、约翰·D. 麦克唐纳——经常使用它。但是今天，它已经显得含糊、乏力了。在第一人称视角中讽刺性地使用它是个例外，例如：不用说，看到厕所时，萨奇非常沮丧。

当然，人物可以在对话中使用"非常"。

但是在叙述部分，不要这样写：他的块头非常大。相反，你可以这样写：他壮得像一辆啤酒车。

## 曾经（Had）

叙述过去发生的事情时，作家们经常滥用这个词。比如：

> 她（had）是在波士顿长大的。申请大学时，她（had）选择了韦尔斯利学院和布林莫尔学院。这让她的父亲很不高兴，他（had）明确地把他的感觉告诉了她。他们（had）关于这件事有过许多争论。

告诉你一个规则（没错，我是说规则）：用一个 had 来让你进入过去，之后你就不需要它了。

删掉上面那段话中后三个 had，没有任何损失，叙事还会更清晰。

## 拓展你的风格

约翰·D. 麦克唐纳曾经谈到过他喜欢在小说中看到的东西。除了曲折的情节和迷人的人物,他说:"我希望在散文风格中加入一点魔力,一点不那么张扬的诗性。我想让文字真正地歌唱。"

麦克唐纳在他写的每一部小说中都给我们提供了这种"散文诗体"的例子。比如,在崔维斯·麦基系列的《比琥珀更黑暗》中,我们能看到这样的描写:

> 她慢慢坐起来,依次打量着我们每一个人,她的黑眼睛就像两个深深的洞穴的入口。洞穴里没有任何生物。或许在很久以前曾经有过。现在,那里只有成堆的骨头、墙上的涂鸦和一些烧火剩下的灰。

这几行文字比大段的直接描写更能让我们了解人物。这就是精心挑选的生动描写在小说中的作用。

我们可以做点什么来拓展我们的风格。我的意思不是为了炫耀,从来不是。如果风格和各种各样的噱头太过抢眼,就会把我们带离故事。不张扬的诗性才是理想状态。

### 从诗歌开始

雷·布雷德伯利(Ray Bradbury)喜欢在开始一天的写作之前读诗。他在《写作的禅机》(*Zen in the Art of Writing*)中写道:"诗有助于你放松平时不常用的肌肉,扩展你的感觉,让它保持在巅峰状态。"

不过,是哪种诗呢?

比尔·莫耶斯(Bill Moyers)的《玩弄文字》(*Fooling with Words*)

是一个不错的开始，他采访了 11 位当代诗人，并列举了他们的作品。正如莫耶斯所说的，诗歌首先是关于音乐的，乐趣在于聆听那些"以最佳顺序排列的最佳文字"。

这就是你读诗的时候要做的。聆听音乐。

然后，作为练习——不是为了发表！——把这首诗改写成散文。例如，下面的诗句出自斯坦利·库尼茨（Stanley Kunitz）的《层级》（The Layers）：

> 心灵怎么能从
> 失落的盛宴中复原？
> 在一阵狂风中，
> 倒在路边的朋友们
> 身上狂躁的尘埃，
> 刺痛了我的脸。

你可以提取关键词——心灵、失落的盛宴、狂躁的尘埃——从叙述开始，由你自己叙述或者创造一个人物。随心所欲地写，随心所欲地修改，但是要尽量押韵。不要担心意思的表达。这种从诗歌到散文的练习能够拓展你的写作风格。

### 一页纸那么长的句子

另一个有用的练习是写连续的长句子——一个句号前的句子有一页纸那么长，或者更长。放飞自我。唯一的规则就是不要修改。

威廉·萨洛扬（William Saroyan）写过一本充满了连续长句的书，叫作《讣告》（*Obituaries*），其中大部分是关于生与死的反思。下面是一个例子：

> 我喜欢活着，但是早些年，我要么一点也不喜欢活着，要么不喜欢我当时的生活方式，或者认为自己不喜欢，比如在奥克兰的孤儿院时，当然，有时候对于活着，我既没有感到特别的快乐，也没

有感到特别的不快乐——当然不是因为我自己,因为我拥有一切,我完全没有理由对自己忍受时间、世界和人类的方式感到任何不满……

下面是我的写作日记中的一些长句:

> 他头上戴着一顶帽子,有丰田汽车那么大,是泡沫做的,红得像血,像吃饭时喝醉酒的人一样摇摇晃晃,当他走在街上,像在暴风雨中吹着老长笛一样吹着口哨,他停下来环顾四周,他的头像装了弹簧的玩偶箱,他的眼睛像两把水枪,充满了沮丧的泪水……

这些意象我可能都不会使用,但写它们的过程拓展了我的风格,这是我的主要目标。

## 明喻、暗喻和惊喜

道·莫斯曼(Dow Mossman)是著名的爱荷华写作训练营的毕业生,他的后现实主义小说《夏天的石头》(*The Stones of Summer*)于1972年问世。出版社很快就倒闭了,这本书消失了。作者也消失了,30年后才被一位追踪他的纪录片导演重新发现,他默默无闻地生活着(但是仍然在写作)。(你可以在这里看到那次不可思议的冒险。)配合这部纪录片,巴诺书店(Barnes & Noble)再版了《夏天的石头》,我立刻购买并阅读了这本书。

好家伙!这本书完全是它那个时代——托马斯·品钦(Thomas Pynchon)等人的时代——的产物。莫斯曼在纪录片中解释说,他努力让这部巨著的每一页都成为自己的散文诗。也就是说,它充满了明喻和暗喻。比如下面这段:

> 他靠着双层玻璃门的木门框站着,回头看了看,他的目光似乎比去年更呆滞了,像不再在开阔水域游泳的爬行动物一样沉默不语。

那么如何找到新鲜的意象呢?

列一个清单。在顶端写下主题。上述例子中是呆滞的目光。像什么一样呆滞？

  列出你能想到的尽可能多的意象，不用担心这样比喻是荒谬还是牵强。走出你的舒适区。强迫自己想出 20 种可能性。这样做时，你会发现一些令人愉快的东西，更重要的是，它会给你带来惊喜。

## 闭着眼睛写作

我父母有一位朋友,名叫 W. T. 巴拉德(W. T. Ballard),是《黑面具》鼎盛时期的通俗小说作家。在后来的一次采访中,他讲述了他第一次见到厄尔·斯坦利·加德纳(Erle Stanley Gardner)时的情景。当然,加德纳是佩里·梅森(Perry Mason)的创造者,也是有史以来最高产的通俗作家之一。在某种程度上,这是因为他的写作方式是对着一台老式录音机口授他的小说,然后有一组秘书来抄录。加德纳邀请巴拉德去他在好莱坞的公寓,他们要一起出去吃饭。

巴拉德到加德纳家时,一位秘书在门口迎接他,请他坐下稍等,告诉他加德纳先生还有两章要写。

"我坐立不安。"巴拉德说,"他约好了六点钟,我准时赶到,现在他想让我等着他写完两章。我不知道他要花多久。"

然后,一扇挂着帘子的拱门后传来加德纳低沉的声音。巴拉德走过去,"我第一次看到了厄尔·加德纳。他坐在沙发上,弯着膝盖,双手托着录音机的麦克风,语速飞快,以至于我根本听不懂他在说什么。十分钟后他出来了。我不知道这两章有多长,但是我敢肯定,他口授这两章的语速比有记录以来的任何其他作家都要快"。

我想象加德纳口授的时候一定是闭着眼睛的。

这让我想起了我刚开始写作时做过的一条笔记:**闭着眼睛写作**。

我发现:如果你闭上眼睛,让一个场景像过电影一样在你的脑海中播放,你会看到看着屏幕打字时永远不会看到的东西。相反,你会想象并记录下细节,就像一个细心的记者。

我使用这种技术主要是为了让背景设定和人物描写更丰富。关键在于打字时不要担心拼写或标点。保持心流状态,敲击键盘。

# 题记

题记是一些作者在小说正式开始前放在单独一页上的引文。不要把它们与**警句**相混淆，警句是简洁而机智的陈述。不过，如果放在一本书的前面，警句就变成了题记，这是次生效应。

这是马里奥·普佐（Mario Puzo）的《教父》（*The Godfather*）的题记：

> 财富背后，总有犯罪。
>
> ——巴尔扎克

题记可以有以下一个或多个目的：

- 暗示小说的主题。
- 帮助确定小说基调。
- 引起读者对内容的好奇。
- 让读者脸上露出苦笑。

斯蒂芬·金喜欢使用题记，他的书通常有两个题记或更多。比如，他的长篇小说《手机》（*Cell*）讲的是通过全球手机网络发送一种电子脉冲，这种信号会把听到它的人变成无意识的、僵尸般的杀手。为什么？或许是通过消除所有的心理限制，释放人心底的兽性。下面是斯蒂芬·金的题记：

> "本我"不愿延迟享受满足感，随时随地感受到欲求不满的张力。
>
> ——西格蒙德·弗洛伊德

人类的侵略心出自本能。人类尚未进化出任何抑制侵略性的机制，以确保物种的延续，因此皆信人类是极危险的动物。

——康拉德·劳伦兹

现在听得见吗？

——美国威瑞森通信公司（Verizon）电视广告词①

再来看几个例子：

哈珀·李（Harper Lee）的《杀死一只知更鸟》（*To Kill A Mockingbird*）：

律师，我以为，也曾经是孩子。

——查尔斯·兰姆②

雷·布雷德伯利的《华氏451》（*Fahrenheit 451*）：

如果他们给了你画好线的纸，不要按着线写。

——胡安·拉蒙·希门尼斯③

吉莉安·弗琳（Gillian Flynn）的《消失的爱人》（*Gone Girl*）：

爱情是这世上难以言尽的无常，它有着诸般化身：爱情交织着谎言，交织着怨恨，甚至交织着谋杀；盛放的爱逃不开恨，它是一朵娇艳欲滴的玫瑰，散发出一抹幽幽的血腥。

——托尼·库什纳，《幻觉》④

詹姆斯·斯科特·贝尔的《罗密欧的方式》（*Romeo's Way*）：

女神啊，请歌唱佩琉斯之子阿喀琉斯的致命的愤怒。

——荷马，《伊利亚特》

每个人都有个计划，直到他们脸上挨上一拳。

——迈克·泰森

---

① 金. 手机. 宋瑛堂，译. 北京：人民文学出版社，2016. ——译者注
② 李. 杀死一只知更鸟. 高红梅，译. 南京：译林出版社，2012. ——译者注
③ 布雷德伯利. 华氏451. 竹苏敏，译. 重庆：重庆出版社，2005. ——译者注
④ 弗琳. 消失的爱人. 胡绯，译. 北京：中信出版社，2013. ——译者注

## 如何找到精彩的题记

首先，通过头脑风暴想出一些适用于你的小说的主题，例如：

- 不良少年吸毒。
- 犯罪集团的阴暗面。
- 努力平衡正义的天平。
- 街头的混乱。
- 绝望中的希望。
- 真爱是可能的吗？

接下来，想想主人公的优点和缺点，比如：

- 如果被激怒会动手打人。
- 很难信任别人。
- 脾气暴躁。
- 同情弱者。
- 不能忍受任何形式的不公。

记住这些，你就可以开始搜索了。我搜集了一些关于名人名言的图书，其中最负盛名的是《巴特利特引语词典》（*Bartlett's Familiar Quotations*）。我还有一些"离经叛道"的收藏，用来提供滑稽的或讽刺的选择。其中我最喜欢的两本是乔恩·维科努尔（Jon Wikonur）的《暴脾气便携手册》（*The Portable Curmudgeon*）和罗伯特·拜恩（Robert Byrne）的《1911句最精彩名言》（*1911 Best Things Anybody Ever Said*）。

当然，也有许多在线资源，比如 The Quotations Page 网站，你可以用关键词和作者进行搜索。

所以，先四处搜索，找到几个可选项，然后选出其中最好的。将其他选项保存在一个文件夹中，以备将来使用。

以下是关于题记的几个常见问题：

### 我可以自己写题记吗？

好吧，的确有些人是这样做的。迪恩·孔茨的大部分题记都是自己写的，他甚至还为它们创造了一个虚构的来源——《数愁之书》(The Book of Counted Sorrows)。全世界的读者和书商都找不到这本神秘的著作。孔茨最终承认了这件事，甚至通过巴诺书店限时发行了这本书的电子版。(如果你想阅读孔茨所有的题记，可以查看这个网址。)

不过，我不建议你自己写题记。读者在网上查不到引文可能会感到沮丧。而且你以为你是谁？莎士比亚吗？

### 引用需要获得许可吗？

使用已出版文献中的一两句话不需要征得著作权人的许可。题记是合理使用的典型。

唯一可能的例外是歌词。小心翼翼的律师和神经过敏的出版商会告诉你需要得到许可。这是一个费时费力的过程，最终可能还要让你花一笔钱。我不打算深入讨论合理使用原则的原因和解释，这些内容很容易在网上找到。我认为在题记中使用歌词可以属于合理使用的范畴，特别是考虑到完整的歌词在互联网上都是免费的。例如，一位法学教授在这方面就进行过充分的论述。(注意：事先声明，本书不提供任何法律建议。)

### 我应该把题记放在哪儿？

在你小说第一页的前一页。注意：题记不是献词。如果你使用了献词，题记应该在献词之后，而不是之前。

### 我能使用多少个题记？

我的经验法则是一到两个，除非是一本分成好几个部分的大部头。但这只是我的建议。你想用多少个就用多少个。如果你像斯蒂芬·金一样自信，你可以在每一章前面都加上题记！他在用巴赫曼（Bachman）这个笔名发表的长篇小说《长路漫漫》（*The Long Walk*）中就是这样做的。

### 题记需要加引号吗？

不需要。

### 题记需要使用斜体吗？

看你自己的意愿，用不用都可以。

### 找不到合适的题记怎么办？

没有好的选择时，就去查阅莎士比亚、《圣经》或者马克·吐温。

### 读者真的会看题记吗？

大多数人可能不会。或者只是一带而过。这就提出了一个问题，作者花费时间去寻找合适的题记值得吗？

你得自己回答这个问题。我的答案是肯定的。我喜欢题记，我很愿意为同样喜欢题记的读者花费额外的时间。

另外，写完一本小说后，寻找完美的题记就像我对这本书的回报。这本书从构思阶段就一直陪伴着我，在我耳边轻言细语，有时候与我作对（但它始终都是为了我好）。我觉得我欠这本书一点东西，比如一个精彩的题记。

## 作家应该使用同义词词典吗？

小说作家应该使用同义词词典吗？关于这个问题，斯蒂芬·金在《十分钟内了解关于成功写作你需要知道的一切》（Everything You Need to Know about Writing Successfully）中提出过一个经常被引用的观点。这篇文章收录在1989年版的《作家手册》（The Writer's Handbook）一书中：

> 你想写故事吗？很好。把你的字典、百科全书、世界年鉴和同义词词典扔到一边。最好把你的同义词词典扔进废纸篓。唯一比同义词词典更可怕的东西就是那些平装缩写本，有些大学生懒得做老师布置的小说阅读作业，临到考试就去买这种缩写本来应付差事。你在同义词词典里找到的所有单词都是错误的。这条规则没有例外。

关于斯蒂芬·金的规则，我们能够从中猜测、假设、推测、总结和确定一些什么？

有些人可能觉得这是胡说八道。但是，这段话是出现在这个小标题下的：**写初稿时不要查阅参考书**。斯蒂芬·金想让你把故事流畅地写下来。他非常强调这一点，甚至提出了这样的建议：

> 当你坐下来写作时，就写作。不要做任何其他事情，除了去洗手间，只有在绝对憋不住了的时候才去洗手间。

是的，当你第一次写下你的故事时，应该尽可能迅速地把它写出来。一美元或五美元就能解决问题时，不要停下来去寻找一个十美元的单词。

但是，我要提出一个小小的例外。斯蒂芬·金写这篇文章时，我们才刚刚进入个人电脑时代。当时，金使用的是一台专门的文字处理器——一台巨大的机器，只做一件事：把你打的字存在软盘上。而同义词词典是纸质书，查找一个单词会花费你宝贵的几分钟。

现在，我们都有装了词典/同义词词典程序的个人电脑。我最常用我的电脑来查找一些平凡事物的同义词，比如"走"（walk）。当然，人物可以走（walk）进房间。读者不会有什么印象。于是，我打开电脑上的同义词词典，五秒钟之内就找到了一连串表示"走"的单词：**散步、漫步、闲逛、缓行、蹒跚、跋涉、徒步、远足、行进、跨越、滑行、跛行、趔趄**。

最近，我正在忙我的新作品。我在写一个场景，人物是一个毒贩和他的宠物猴子。猴子一直在尖叫。但我不想一次又一次地重复同一个单词。于是我打开了同义词词典，立刻发现了：**尖叫、嚎叫、咆哮、吼叫、呼喊、怒号、呼啸、嗥叫、长嚎、吠叫**。这正是我需要的。我选用了其中五个词。

除了使用同义词词典，另一种选择是坐在键盘前，花几分钟想出其他表述方式。但是在这种情况下，使用同义词词典程序进行"狩猎"——这是斯蒂芬·金使用的术语——会更快、更高效。

斯蒂芬·金的规则还有例外吗？我想是有的。在开始写作初稿之前，我喜欢对前一天的工作稍微做一些修改。这样做时，有时候我会发现自己想要引用马克·吐温的名言："接近准确和完全准确的用词有天壤之别——就像萤火虫与闪电。"花一两分钟时间就能找到让读者满意的风格化的单词。

所以我还没有准备好把我的同义词词典扔掉。

# 修 订

◆ 修订清单

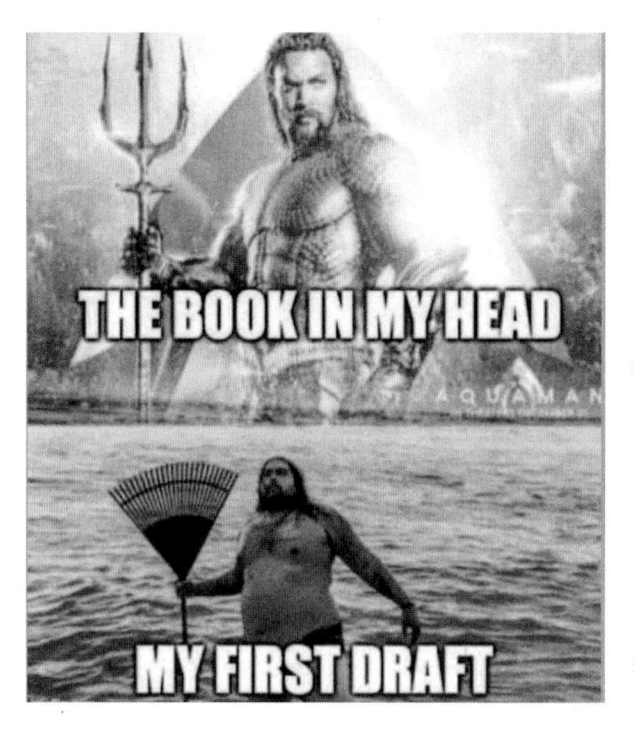

我想象中的新书

我的初稿

## 修订清单

### 来自我的笔记本

这是我在出版第五部小说后做的修订笔记：

**第一次通读**

通读一遍，不要修改。对整部作品有个感觉。

自由地做笔记。

现在，就像你打算重写这本书一样，重新列大纲。写一份两页的内容提要，然后列出场景大纲。寻找漏洞，等等。为重写做计划，问一些"深入的"问题：

**概览——小说的基本元素具备吗？**

(1) 一开头就发生了一些事情。把一个人放在有问题的环境中，让他面对变化。

(2) 全书的引擎，也就是读者的好奇心被激起，让他放不下这本书的那一刻。让舞台上的人物朝着某个具体的、短期的目标前进。

(3) 尽快确定一个对手。

(4) 与众不同的吸引人的人物，构成次要情节。

(5) 严酷的考验。人物不能放弃行动。

(6) 源于人物的情节。

**英雄——**

● 迫切的需要和问题是什么？我们为什么要关心这个？我们是否在让人物朝着某个目标"前进"，这个目标与更大的目标相关，或者能够帮助他实现更大的目标？

- 应该同情谁？

(1) 人物讨人喜欢的原因：

a. 做一些讨人喜欢的事情（帮助小孩、老太太等等）。

b. 有趣、有个性、叛逆。

c. 某方面的能力。

d. 机会渺茫的弱者。

e. 拥有能够引起读者共鸣的梦想或欲望。

f. 不该遭遇的不幸。

g. 危险和威胁。

(2) 在高潮中体现他的道德和勇气。危机是什么？

- 如果主人公是个无赖，他至少得让人感兴趣，他能做到吗？
  * 性感。
  * 魅力。
  * 狡猾。
- 对抗是被迫的吗？英雄是不得已而为之的吗？
- 主要人物随时可以退出吗？如果是，就需要增强动机。
- 对手与英雄实力相当还是更强大？

人物——

- 哪些人物可以合并或删除？不要有多余的人物。
- 人物是否有足够的反差？
- 深化人物。为每个人物添加：
  * 标签和说话的口吻。
  * 作为动机的背景事件/与故事的情感联系。
  * 个性和癖好。
- 使用感官记忆来表达人物的深层次情感。
- 他们有趣吗？
- 他们有充分的动机吗？

- 他们与情节有关吗？
- 主要人物成长了吗？他的成长可信吗？
- 是否为人物后来的关键行为埋了伏笔？
- 是否设计了"三重"重要变化（就像狄更斯的《圣诞颂歌》那样）？

**结构——制作场景卡片或列大纲**

- 开头
  * 英雄有明确的迫切问题或需求吗？
  * 开头是否新颖，能够抓住读者的注意力？
  * 有没有立刻提出主人公的变化或问题？
- 是否有可靠的对抗/过渡模式？
- 灾难是否新颖、出人意料而又合乎逻辑？
- 次要情节是否有联系？加入的人物要选择立场！
- 有没有可以删除的对抗/过渡？有没有绝对需要补充的？
- 时间顺序是否合理？
- 中间部分是否需要一个次要情节来增加压力和趣味性？
- 能否为最后三分之一设定一个"倒计时"？
- 时间计划是否恰当、准确？
- 是否需要一个新的次要情节来让中间部分更饱满？

**对抗——**

- 场景中所有的人物都有目标吗？
- 目标是否足够强大？
- 目标是否足够直接？
- 目标是可观察、可衡量的行动吗？
- 目标对读者足够清晰吗？
- 人物是否足够强大？
- 场景有没有紧迫感？有没有时间压力？

- 对手是否足够强大？足够清晰？
- 场景是否单调？如果是——
  * 加入意想不到的转折？
  * 让人物更加多样化？
- 灾难是否足够严重？
- 灾难是否新颖、出人意料而又合乎逻辑？试试相反的情况？
- 有没有一些小接触（比如一场争论）能够发展成有冲突的场景？
- 在所有的场景中，人物都是对立的吗？

过渡——

- 情绪足够清楚吗？
- 选择足够清楚吗？
- 决定足够清楚吗？

转折——

- 能够加入几个转折，让事情变得更复杂吗？
- 有没有一些显而易见的东西能够变得不那么明显？

对话——

- 可以删掉哪些内容，让对话更紧凑？
- 有没有足够多"所答非所问"的回答？
- 回答是否揭示了人物、推动了情节？

结尾——

- 如果英雄遵守道德原则，就会面临灾难。但是他选择了正确的道路。
- 是否需要用情感上的"噱头"来设计这种决定，即英雄看到或听到的某件东西预示着未来会触发这种反应？
- 如果有一种简单的方法可以实现他的"目标"，那么这个目标一定是"错误的目标"。例如，在《卡萨布兰卡》的结尾，里克可以得到伊尔莎，但代价是终极意义上的正确。所以他做出了牺牲。

- 英雄应该被迫做出牺牲。
- 有没有倒计时？可以有吗？
- 有没有一个可以扭转的结局？

**争取——**

- 有"四大"时刻（笑，哭，惊悚，恐惧）吗？
- 有一个充满情绪和动感的、令人难忘的重要场景吗？

**重写（布雷德伯利所说的"重温"）事件——用上你笔记中的内容**

小心那些过于惊人的重大变化。它们可能只是你创作疲劳的产物。

**重写之后——**

通读检查悬念：

- 悬念场景是否制造了终极的紧张感？
- 是否有足够的惊喜，让读者惊讶和震撼？

通读检查"展示"和"告知"：

- 哪些地方能够用行动来代替描述人物的感受？
- 哪些信息能够转换为对话？
- 是否使用了描述感官的语言？
- 是否解释得太多，构成了干扰？
- 哪些信息可以晚些给出？

通读检查对话：

- 间接反应比直接反应更有悬念。找机会插入"所答非所问"的答案，或者用问题来回答问题，等等。
- 在对话中间暂停，让人物采取行动。
- 在对话中公平对待双方。
- 好的对话能够给读者带来惊喜，制造紧张气氛。把它看作一场游戏，玩家们都试图智胜对方。

- 用证据代替解释。用冲突隐藏解释。
- 推迟实质性的回应。这能制造紧张感。
- 能否在对话和场景中加入冲突，甚至是在盟友之间？
- 人物主要是在压力下暴露自己，在愤怒中脱口而出的，要么说得太多，要么说得太少。

通读检查人物：

- 选择一个引人注目的、特别的形象，比一连串的描述效果要好。
- 通过行动塑造人物。与预期相反的动作会很有趣。
- 眼睛是全身最暴露的部位。
- 寻找精心选择的、简短的、独特的、原创性的描述。
- 让我们在职业中看到人物。如果可能，把职业作为故事的一部分。
- 对于主角来说，太完美有时候是个陷阱。
- 进入人物的身体。唱歌、抱怨、大喊大叫，好像你就是他。即兴表演！
- 人物弧光是什么？人物是如何变化的？
- 人物在关键时刻如何表现出（精神上或身体上的）勇气？
- 爱你的反派。他们要引诱他们的对手，所以他们必须狡猾、迷人、有魅力等等。
- 次要人物：读者会对那些行为与众不同的人物感兴趣。

**把你的手稿放置四个星期——**

然后，像第一次阅读一样重读它。只做边注，修改拼写错误，等等。重新打印一份初稿，然后交给读者。

## 作家的心态

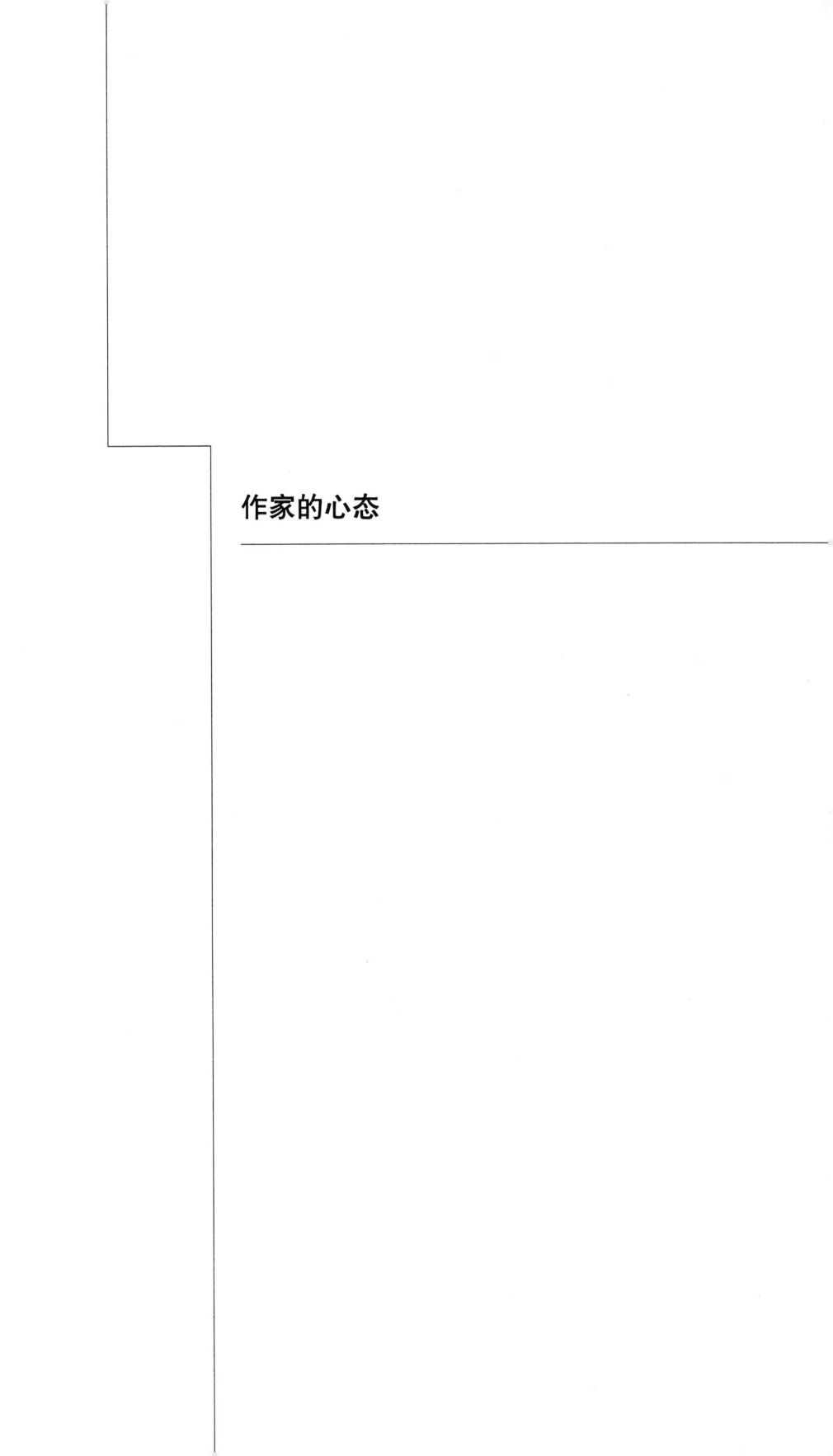

- ◆ 小说作家的十诫
- ◆ 相信你是一个作家
- ◆ 教你自己写作
- ◆ 当你刚起步时
- ◆ 像恋爱一样写作
- ◆ 系统性的修改
- ◆ 别让你的小说被老鼠啃了
- ◆ 通过写作来消除嫉妒
- ◆ 一个著名作家会告诉你什么？
- ◆ 使用思维导图
- ◆ 布兰登·桑德森三件套
- ◆ 我喜欢的小贴士
- ◆ 不入虎穴，焉得虎子
- ◆ 成功作家的七个习惯
- ◆ 克服写作障碍的两个诀窍

## 小说作家的十诫

90年代末，刚开始教写作时，我通过内心的查尔顿·赫斯顿(Charlton Heston)①宣布了作家的十诫。我承认这挺厚脸皮的。但是最近，为了写这本书，我重新审视它们，发现我不会改变其中任何一条。下面就是我的十诫，附带说明。

### 1. 你应该每周写一定的字数

这是第一条，也是最重要的戒律。如果你按照定额写作并且坚持下去，很快就能写出一部完整的长篇小说，比你想象中要快。

**说明**：这一条原来是每天定额，但我把它改成了每周定额，因为你不可避免地会有几天完不成定额，或者在生活中遇到干扰，你会把自己搞垮。所以，设定一个每周配额，除以天数，如果你有一天没完成，可以在另外几天里补上。应该设定多少字？看看你一天可以轻松完成多少字，然后增加10%。每周休息一天，给自己充电。

### 2. 你应该充满激情地写完初稿

写初稿时不要过多修改。在一定程度上，写作是发现故事的过程，即使你列了大纲，情节和人物也可能朝着计划之外的方向转折。由它们去！我会修改前一天的作品，然后继续写。每写完2万字，我会"后退一步"，看看基础是否牢靠，如果不够牢靠，就加固它，然后继续往下写，直到写完整本小说。

**说明**：如果你有大纲，在探索的过程中不断调整它。如果你是随性

---

① 1956年的电影《十诫》中摩西的扮演者。——译者注

派，要有一个"滚动的轮廓"。写完一个场景后，写下场景提要和对接下来几个场景的构想。

### 3. 你应该为主人公制造麻烦

一个好的故事是由主人公面临的威胁驱动的。让威胁升级。让事情变得更困难。一个简单的三幕结构：让你的主人公爬到树上，朝他扔东西，把他赶下来。

**说明**：从"死亡"的角度来思考。有三种形式的死亡：生理上的，职业上的，精神上的。如果故事中没有任何一种形式的死亡，你的情节就不那么扣人心弦。

### 4. 你应该为主人公制造更强大的反对力量

反派必须比主人公更强大。反派要更有力量，更有经验，更有资源。否则读者就不用担心了。你想让他们担心。希区柯克总是说，他电影的力量来自反派的力量和狡猾。但是请注意，反派不一定是"坏人"。想想《亡命天涯》里的汤米·李·琼斯（Tommy Lee Jones）。

**说明**：给反派做一份"结案陈词"。没有反派认为自己是错的。站在他们的立场上为他们辩护。

### 5. 你应该从第一段就开始讲故事

从人物开始，把他放在变化、威胁或挑战中，从一开始就抓住读者。这就是开头的"乱子"，读者会立刻做出反应。不一定是什么"大"事件。任何能够在"日常世界"中激起涟漪的东西都行。

**说明**：紧张的对话是一种很好的开场方式。这意味着你要从一个有冲突的实际场景开始。如此还能避免"人物自己想"式的开头，很多新手作家喜欢这样写开头。

### 6. 你应该制造惊喜

避免可以预测的东西！关于你的场景和故事，多想出几种可能采取的路径，然后选出其中既合乎情理又能让读者感到惊讶的。

**说明**：我相信惊喜是吸引读者的秘诀。为什么？因为如果故事情节可以预料，读者就会感到无聊！

### 7. 你应该让每件事情都对故事有贡献

不要偏离目标，去写那些与人物和他们在故事中想要什么无关的东西。像激光光束一样保持聚焦。

**说明**：这一点现在看来是不言自明的，但是当时，我看到过不少手稿，其中的场景是为风格而不是为内容创作的。这是一条老生常谈的建议，另一种说法是准备好"杀死你的宝贝"。

### 8. 你应该删掉所有无聊的部分

修改时要毫不留情。删去任何可能拖慢故事节奏的东西。麻烦、紧张或冲突都不会使人感到无聊。至少人物内心应该是紧张的。

**说明**：从恐惧的角度来思考你的场景。恐惧有各种层次，从一点点不确定到吓破胆。一个场景的视角人物内心应该怀有某种程度的恐惧。

### 9. 你应该长出一身犀牛皮

不要把拒绝或批评放在心上。从批评中学习，然后继续前进。不屈不挠是开启写作生涯的金钥匙。

**说明**：作家罗恩·高拉特（Ron Goulart）说："永远不要认为拒绝你的作品就是拒绝你这个人。除非同时还有一拳打在你鼻子上。"

### 10. 在你的余生中，永远不应该停止学习、成长和写作

写作就是成长。我们了解自己，发现更多生活的真谛，发挥我们的创造力，获得洞察力。与此同时，我们学习。脑外科医生需要坚持阅读最新的医学期刊，为什么作家认为他们的技艺不需要坚持学习？只要能学到一件对写作有帮助的东西，就是值得的。

**说明：** 有许多作家是这样做的，并且取得了成功。这没有什么违规之处，也并不值得钦佩。

好了，我不是摩西，这十诫也不是刻在石头上的。但是多年以来，这些戒律一直对我有效，我知道它们也会对你有效。

## 相信你是一个作家

如果你把文字按照某种顺序写下来，而这种顺序讲述了某个故事，那么你就是一个故事作家。你不需要任何人的认可，不需要任何外界的确认。

只要你写作，你就是一个作家。

如果你努力写得更好，如果你学习和钻研这门技艺，你就是一个不断进步的作家。

如果你在乎写作这件事，坚持每天或每周写一定的字数——有方法、有热情、有毅力——你就是一个不可阻挡的作家。

不可阻挡的作家最终会得到回报。

你不一定能靠写作发财，但是写作为你带来的每一分钱都是一场胜利。

而不写是拿不到钱的。

最重要的是，在字里行间给世界一些以前没见过的东西——一个以前不存在的幻象和声音。这也是一场胜利。

只要你写作，你就是一个作家。

相信这一点。因为任何成功都是从你内心开始的。正如沃尔特·D. 温特尔（Walter D. Wintle）所说的：

> 如果你认为你被打败了，那么你就被打败了；
> 
> 如果你认为你不敢，那么你就不敢；
> 
> 如果你喜欢赢得胜利，却认为自己做不到；
> 
> 那么几乎可以肯定，你就是做不到。

如果你认为你会输,那么你已经输了;
因为在我们的世界中,
成功始于一个人的愿望,
一切都取决于他的心态。

## 教你自己写作

每一个有价值的作家都是自学成才的。他们把想办法写出一个好故事当成自己的责任。许多人在这方面得到过帮助,比如托马斯·沃尔夫(Thomas Wolfe)和 F. 斯科特·菲茨杰拉德(F. Scott Fitzgerald)有麦克斯·珀金斯(Max Perkins)这位天才编辑。但是他们仍然需要自己想办法将别人的建议付诸实践。

任何作家都可以从市面上大量优秀的写作指导书中得到有用的建议。还有无数关于写作技巧的博客,一个人可以花上一辈子的时间阅读所有这些材料,却一个字也不写。

那么如何开始呢?

从写点什么开始。我建议你从写一部长篇小说开始。通过完成一部这个长度的初稿,你可以了解到自己的长处和短板。

把这部作品放置几周,然后自己读一遍。就好像你是一个读者,刚买了一个从未听说过的作家的新书一样。

天哪,你会学到很多东西。

当然,前提是不要带着偏见或神经过敏。如果你认为自己是上帝赐予文学世界的礼物,那你什么也学不到。

小说有七个关键的成功因素:情节、结构、人物、场景、对话、风格和意义(主题)。评估你在每个领域的弱点。然后制订一个自学计划,针对每个方面做出改进。

将 80% 的写作时间用于实际写作(按照定额),20% 的时间用于研究写作技巧。包括阅读小说,记下你从成功作家的书中学到的东西。

把你学到的东西付诸实践。写一些练习场景,就像在练习场打高尔夫球一样。

但是，当你出去玩的时候，就玩。
当你坐下来写作的时候，就写作。
你会发现许多需要改进的地方。
做出改进。
你在教自己成为一个更好的作家。

## 当你刚起步时

不久前,我收到一封电子邮件,内容是这样的:

> 贝尔先生,你好。我今年17岁,想成为一名作家,从我记事起我就一直在写故事。我也写歌词,对我来说,写作和音乐是一个无止境的循环——我从音乐中得到写作的灵感,然后根据我的小说写歌。到目前为止,我已经写了两本书稿(和大约40首歌),但我还没有开始修改和想办法出版它们,这项任务令我望而生畏。我写过多种类型的作品,有太多兴趣想要尝试,但我努力保持专注,把写作放在最重要的位置,只要开始写东西就把它写完。最近我在读你的《作家的战争艺术》(*The Art of War for Writers*)。(这本书太棒了。)
>
> 我有三个问题想要向你请教:
> 1. 你对处在我这个写作阶段的人有什么建议?
> 2. 我应该把主要目标放在哪里——完成现在手头的作品,还是修改和出版其他作品?
> 3. 当我很难保持专注时,应该设定什么样的日常目标?

下面是我的回信。

感谢你真诚的邮件。从你告诉我的情况来看,你有成为作家的潜质。"从记事起"你就一直在写作,显然你充满了创造力。但是与此同时,你"很难保持专注"。这是可以克服的,而且会对你大有帮助。所以,我把你的第一个和第三个问题一起回答了:

我建议你设定一个每周的写作定额,然后分成六天。每周抽出一天让创造力得到休息。这是一个每周的目标,这样如果你有一天没有写完,可以在另外几天里补回来。我把每天、每周和每年的写作情况都记录在电子表格里。这是我刚开始写作时得到的最好的一条建议。它帮助我度过了将近30年的写作生涯，让我写了比我想象中还要多的书。

所以，观察几个星期，看看你一周能轻松地写出多少字。然后给这个数字加上10%，作为你的目标。坚持三个月。然后，如果有需要，重新评估和进行调整。但无论如何，每周都要有一个写作定额。很快这将成为一种习惯——也许是作家所有习惯中最基本的。

至于第二个问题，你说你"还没有开始修改和想办法出版它们，这项任务令我望而生畏"。在我看来，这是一个小小的危险信号。如果你真的想发展自己的事业，这意味着让更多的读者喜欢你的书，你就必须完成这项令人"望而生畏"的任务，修改每一本书稿。在这个阶段，不要想着"想办法出版"。你的任务是想办法写出最好的书，永远都是。

这意味着要花时间去研究技巧。这里没有捷径。虽然这项任务在你刚起步时看起来很艰巨，但是以一种系统的方式循序渐进，会让你终身受益。我写了一本关于自我编辑的书。我推荐你把它当成课本，就像课堂上的学生一样——况且你本来就是个学生。

写作是一件狂野、美妙、愉悦身心的事。把一本书稿准备好推向市场则是一项任务，但你会发现：第一次弄清楚如何修改一些东西、让你的小说变得更好时，你会欣喜若狂。作为一个作家，没有比这感觉更好的了，我不想让你错过它。它来源于坚定的职业精神和无论如何都要坚持写作的决心。

就写到这里吧，祝你成功！

## 像恋爱一样写作

想出一个好点子，一个让你的神经末梢为之一颤的点子，就像一见钟情一样，令人头晕目眩。你会迫不及待地想要展开这段新恋情，度过宝贵的几个月。

刚开始时，是香槟和月光下的沙滩漫步。

但是，突然间，你发现自己陷入了争执。这本小说在抗拒你，你也在抗拒它。（对我来说，这通常发生在写了三万字左右的时候。我开始想，或许这根本行不通。）

你对这本小说说："你没有给我需要的东西。"

而这本小说回答说："你就是这样对我的？在我做了这么多以后？我把生命中最美好的部分给了你！"

幸运的是，我发现这种小争吵只是暂时的。有两种方法跟你的小说和好如初。

第一种方法是更深入地挖掘人物。选择其中任何一个（不一定是主人公），写一些背景故事。为他们创造更多的历史，并从中创造出一个**秘密**或**鬼魂**。

秘密是由于与背景故事有关的某些个人原因，人物不想让任何人知道的事情。

鬼魂是指过去发生的事件现在仍然困扰着人物，并且导致人物以某种方式采取行动。最好让这些行动在不会立即暴露的情况下发生。这能为读者创造神秘感，而神秘感总是好事。

花五到十分钟做这些练习，你的故事就会再次流畅起来。你会想要继续写下去，看看这些人会怎么样。

第二种方法是跳到下一个让你感到兴奋的场景。把它漂漂亮亮地写下来。然后退回去，想办法让故事走到那个场景。

这些建议能够让你的爱火永不熄灭，就像不是情人节也要给妻子送花。

## 系统性的修改

当你写完一份完整的初稿，你就进入了修改的世界，这并不容易。这里你需要一个**系统**。

已故的耶利米·希利（Jeremiah Healy）是一位受欢迎的作家和巡回演说家。在我的一本写作指导书中夹着一页剪报，来自一份我过去经常收到的通讯，叫作《创造力连接》（*Creativity Connection*）。我把它保存下来了，内容是希利的一次演讲概要。在演讲中，希利介绍了自己写完初稿后使用的系统：

- 先把初稿放置一个月。
- 然后打印一份纸质版，在一天内读完，不在稿子上做任何标记。（"一旦开始做标记，你就停不下来了。"）
- 寻找"情节中的漏洞、不完善的人物、反常和前后不一致之处"。
- 对初稿进行修改，解决所有这些问题。
- 接下来，把初稿交给三个测试读者。"第一个应该是一个有理解力的普通读者。第二个应该熟悉你作品的类型。第三个应该是你能找到的最笨的兔子。"
- 然后根据反馈再进行一次修改。
- 最后，完成你的"砖头手稿"。他的意思是以前交给出版商的纸质手稿，形似一大块砖头。对它进行最后的润色。他会对前三页特别下功夫。"文学经纪人每周要看50份手稿，然后决定把其中哪一份砖头手稿带回家阅读。他们只读前三页，这可能很苛刻，但不完全是武断的。85%的读者通过同样的方式来决定是否购买一本书。"

这是一套很优秀的系统，跟我自己使用的非常接近。

这套系统还可以通过增加一个公式来改进。我只能帮你到这里了。1966年,年轻的斯蒂芬·金收到了一本科幻杂志的退稿信。这是一封格式信件,但是好心的编辑在上面写了这样一句话:

  不错,就是有点冗长。你需要压缩篇幅。公式:第二稿=第一稿-10%。祝你好运。

## 别让你的小说被老鼠啃了

前段时间有一则新闻，说的是由于一个配送中心有老鼠出没，导致400家家庭一元店（Family Dollar Stores）关门大吉。爆料者曝光此事后，食品药品监督管理局（FDA）介入调查，在仓库里发现了上千只"死老鼠和死鸟"。

> 仓库工人罗伯特·布拉德福德说，因为上个月发布了一段视频，他被阿肯色州孟菲斯配送中心解雇了。视频中，老鼠在仓库地板上打架，在过道上跑来跑去，还有一只死老鼠被老鼠夹夹住。

这件事让你想赶紧跑到竞争对手的店里去买一罐维也纳香肠，不是吗？爆料中还提到这样一个细节：

> 布拉德福德的视频还显示，一名身份不明的同事试图徒手给其中一只老鼠喂品客薯片。

小家伙们需要吃的，不是吗？品客薯片不喂老鼠还能干什么用？

此后，家庭一元店对配送中心的部分商品发起了自愿召回，并安抚消费者说："我们非常重视这个情况，并致力于为顾客提供安全优质的商品。"

很高兴知道你们这样想！

没有人会拒绝一个恰当的比喻。现在我开始担心，仓库里的老鼠就在我的"地下室男孩们"的隔壁活动。

"地下室男孩"是斯蒂芬·金对作家潜意识的比喻。在意识层面之下，想象力总是在翻腾并产生灵感。这些灵感存储在我们大脑的仓库中。我们可以通过一些方法来打开这个仓库——比如晨起写作。

但是，如果仓库进了老鼠怎么办？它们是精神上的害虫，而且是真实存在的。如果对它们放任不管，一些最好、最有创意的点子就永远不会进入我们的脑海，不会变成书稿，更不用说投入市场了。

**恐惧**就是一只大老鼠。担心你的点子不够好，或者小说不够有市场，或者可能冒犯别人，或者让你看起来像个喝醉酒的傻瓜。恐惧总是潜伏在作家的脑海中，需要立即把它驱除。

驱除这只老鼠的方法是用半页纸写下你的点子。不需要系统性，只要简单地总结为什么你认为这是个好点子、谁会喜欢它，以及最重要的是，为什么你会为它而兴奋。

做完这个练习，如果你发现这个点子并不是那么令人兴奋，没关系。至少不是因为恐惧。

但是，一定要让几个人给你反馈。对你的点子，他们和你一样感兴趣吗？如果不是，试试下一个点子。

这就引出了另一只大老鼠——**混乱**。如果你把灵感随意乱扔，你就永远不会给予它们应有的关注。

对付这只老鼠的方法是**打扫和整理你的仓库**。不要忽略任何点子。找到一个，就把它放在架子上。我建议专门建立一个文件夹，用来存放点子。我有一个文件夹专门用来存放开场白，一个用来存放高概念（通常从"如果……"开始），一个用来存放可能的人物和可能的设定。我时不时地查看这些文件夹，寻找那些仍然能够让我灵机一动的点子。我把这些点子放进另一个叫作"优先考虑"的文件夹。当我准备选择一个新的写作项目时，就去里面寻找选题。

最后，整群老鼠喜欢在你感到精疲力竭时袭击你。如果我们的大脑劳累过度，就没有人来照看仓库了。很多好东西会被老鼠吃掉。

我在我的《写作心理游戏》（*The Mental Game of Writing*）一书中谈到过这一点。下面摘录其中一段：

> 应对倦怠的方法是从一开始就将它拒之门外。我所知道的最好的方法就是遵守写作安息日。就像上帝让我们一周休息一天一样。
> 
> 你可以选择任意一天。正如我在"纪律"一章中提到的，我选

择了星期天。

在这一天,我不写任何东西,甚至不去想与写作有关的任何事。(至少我努力不去想它。这一天,"地下室男孩们"积极活动起来。)

这是读书的好日子。

也是和我妻子共度的好时光!我们可以去海边旅行,或者去山上看看风景。我们可以一起看电影、吃大餐。

如果是在橄榄球赛季中,我会去看一两场比赛。

我尽量出去晒晒太阳。

这一切意味着压力消失了。

虽然有时候,我的脑子和手指还想写点什么。像一匹准备好每天跑步的纯种马,有一天却只是披着毯子、吃着干草闲逛,四蹄颤抖,打着喷鼻。

在这种时候,我会保持镇静,全神贯注地看书。

那么,在写作的日子里呢?

两件事,如果你能做到的话:锻炼和保持安静。

即使是短时间的锻炼,好处也是众所周知的。即使做不到别的,也要尽可能多起来走走。

遵循番茄工作法。写作 25 分钟,然后休息 5 分钟。起来走走,或者做做深呼吸(闭上眼睛)。

还有,我非常相信小睡的功效。在工作日,找时间打个盹,只要 20 分钟左右。我们都有"僵尸时间"。对我来说是在下午一两点左右。这个时间点上我的脑子都僵了。

所以,我训练自己快速入睡,20 分钟后醒来。你也可以做到。

如果你愿意的话，大约需要两个月的时间来养成这个习惯。

总而言之，你的"地下室男孩们"在继续他们的工作。你的任务是保持仓库的清洁。这样你投入市场的东西就不必被召回了。

祝你胃口好！

## 通过写作来消除嫉妒

关于布兰登·桑德森（Brandon Sanderson）的成功故事（见 164 页），我敢肯定，很多作家看到他的销售数字——以及其他许多收入更高的作家的销售数字——难免产生某种嫉妒之情。不要让这种情况发生。每个作家都想赚大钱，因此必须在某种程度上考虑销量。但这个程度取决于你的个性和你想过什么样的生活。

例如，对成功的追求会严重破坏人际关系（你可以去问问诺曼·梅勒的六任妻子中的任何一个）。金钱是一种强大的动力，但也可能是一个危险的警报。正如一位睿智的拿撒勒木匠曾经说过的："你们要谨慎自守，免去一切的贪心。因为人的生命，不在乎家道丰富。"①

与此同时，如果一个作家在创作时甚至看都不看一眼市场，那就不应该因为他的作品卖不出去而对着月亮号叫。

关键在于平衡。找到你自己的平衡点，好好守护它。

每当怀疑和失望开始悄悄降临——**我做得够不够？我在自欺欺人吗？我会像＿＿＿＿，甚至＿＿＿＿一样成功吗？**——下定决心，再写一个句子，只要一句……把它写下来！然后是下一句。直到再次迷失在编织故事的喜悦中。那是你的避风港，你温馨的家。

---

① 耶稣的话，出自《路加福音》第 12 章。——译者注

## 一个著名作家会告诉你什么？

这里有一个很好的练习，我经常用它来给创意的电池搭电启动。只需要大约 90 秒。

首先找一个不会被打扰的安静的地方。舒舒服服地坐好，脚放在地板上。放松。闭上眼睛，做几次缓慢的深呼吸。

现在想象你正走过一片美丽的草地。停下来闻闻花香。（注：这片草地上没有牛。）

你看到前面有一间小屋，烟囱里升起袅袅炊烟。生动地想象这间小屋。注意材质和颜色。闻闻烟味。

你走到门口，发现门微微开着。你走进小屋，看到一位著名的作家——或者你个人最喜欢的作家——正在敲击键盘。（注：可以是已故的作家，但尽量不要预先选择是谁。让你的右脑介入并给出答案。）

作家看着你，因为受到打扰而有点生气，你告诉他，你到这里来是为了得到一条你迫切需要的写作建议。作家对你的作品多少有些了解，他想了一会，说："＿＿＿＿。"

这里有一个例子。有一次我自己做这个练习，我选择的作家是约翰·D. 麦克唐纳。他嘴里叼着烟斗，正在用一台电动打字机打字。

他打完一句话，看着我。

我说："很抱歉打扰你，但我

真的需要一个关于写作的建议。你不介意吧?"

麦克唐纳若有所思地吸了几口烟,然后说:"在你的句子上多下功夫。"

我想把椅子拉过来,请他详细解释一下。但他挥挥手让我走开。"我得接着工作了。"说着他又开始打字了。

我穿过草地往回走,思考着他的建议。我记得他曾经谈到过他自己的风格。他希望有"一点不那么张扬的诗性"。

关键词是**"不张扬"**。他不想让读者**注意到**诗性,只想让他们感觉到它在为故事服务。

我不得不承认,最近,我没有花足够的时间来字斟句酌。我决定写完一个场景后多做一些修改,看看能否为我的句子增加一点不那么张扬的诗性。我开始思考怎么做。我可以:

- 寻找更主动的动词。
- 寻找更新鲜的形容词。
- 想出一个比喻。
- 把句子最有力的部分放在最后。例如,不要写:

> 他拿着一把枪走进门。

改成:

> 他走进门,手里拿着一把枪。

当你需要灵感时,可以尝试这个练习。过去,我从海明威、马克·吐温和雷蒙德·钱德勒那里得到过建议。

然后,我就让他们继续工作。

> 试试看。不要急于求成。你想让你的潜意识参与进来。按照上面的步骤做至少 90 秒。

你在小屋里找到了谁?你觉得为什么是那个特定的作家?

他跟你说了什么?你会如何处理他的建议?

## 使用思维导图

我们都知道头脑风暴。这是我们让思想自由驰骋的方法,它不加评判,目的是产生尽可能多的灵感。要得到好点子,最好的办法就是想出很多很多的点子,然后排除掉那些最没有前途的。

我发现,思维导图是头脑风暴的一种非常有效的辅助工具。思维导图是一种视觉工具,将你随手记下的点子以某种思路联系起来。[关于这个过程,加布里埃莱·卢瑟·里科(Gabriele Lusser Rico)的《自然写作》(*Writing the Natural Way*)是一本优秀的参考书。]

我以两种方式使用思维导图。一种是为微小说和短篇小说寻找灵感。我经常使用一套漂亮的卡片,叫作"故事迷"(The Storymatic)。广告语写着:"一个小盒子里装着 6 万亿个故事。你会讲述哪一个?"这套牌有 500 张,分为两种类型。一种是设定或情境,另一种是人物。我会每种随机抽出一张,接着把它们放在一起,看看会出现什么故事。

有一次我抽到了"幸存者"和"粉笔画"。我把它们写在一页纸的两边,然后圈起来。接着我开始画思维导图。它看起来是这样的:

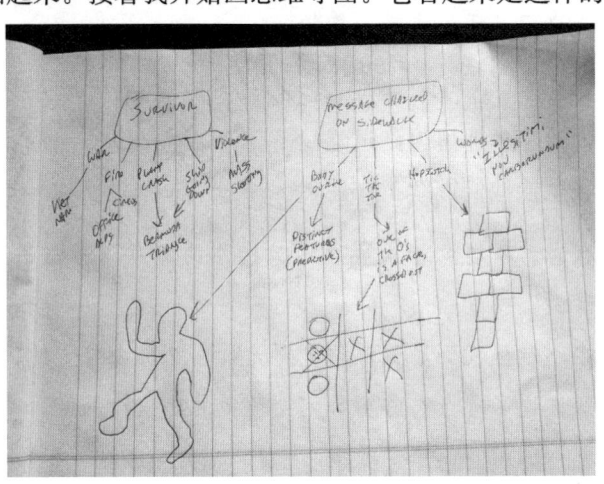

我一边画，一边不断想起粉笔画涂鸦。"地下室男孩们"想要告诉我一些事。我认真聆听，然后忽然有了一个短篇小说的灵感。随着思考的深入，我完全放弃了"幸存者"的部分（画思维导图时，你不必受制于任何东西），几分钟后就有了完整的概念。

另一种使用思维导图的情况是，我有一个特定的情节问题需要解决。有一次，我正在创作比尔·阿姆布鲁斯特（Bill Armbrewster）系列的一部中篇小说，快要写完了。主人公是20世纪40年代一个专门为好莱坞电影公司解决麻烦的家伙。快写到结尾时，我意识到故事中早些时候有一个关键元素需要澄清。事情关系到一张失窃的照片，有人把它从一位电影明星的化妆间〔准确地说，是贝蒂·戴维斯（Bette Davis）的化妆间〕偷走了。所以我在纸上写道："谁偷了照片？"然后开始绘制思维导图。大约5分钟后，我得到了答案。

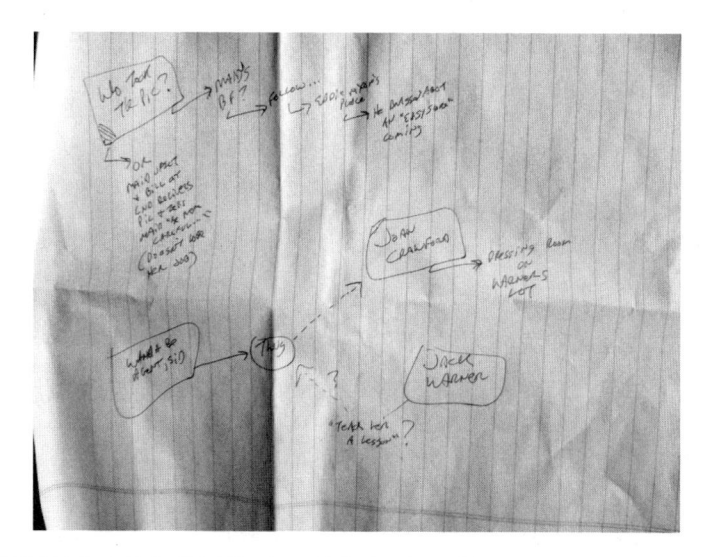

思维导图可以在你写作过程的任何阶段使用，无论这个过程具体是什么样的。

## 布兰登·桑德森三件套

2022 年,作家布兰登·桑德森在众筹平台 Kickstarter 上发起了有史以来最成功的活动之一。你可能听说过这件事。他只用了三天时间,筹款就突破了 2 000 万美元大关。他发起众筹的商品组合包括将在 2023 年全年交付的电子书和精装书,以及若干赠品。

不过,这一节不是关于 Kickstarter 的,而是关于桑德森是如何为这个项目的大规模运作奠定基础的。请注意,他:a. 是一位非常优秀的作家;b. 高产;c. 培养了自己的粉丝。

虽然很少有作家能够达到桑德森的水平,但我们可以在自己的层面上做好同样的三件事。让我们称之为布兰登·桑德森三件套:

### 优秀

你是知道我的。我相信作家应该有一个永无止境的自我提升计划。我们认为医生和水管工应该自我提升,为什么不能对艺术家提出同样的要求呢?尤其是那些我们为他们花了钱的艺术家。

写作,学习,写作,得到反馈,提高。写作。你会变得更优秀。

### 高产

布兰登·桑德森是一个写作怪物。我的意思是,他不仅写了自己的史诗,还在原作者去世后接手了另一个大型系列 [《时光之轮》(The Wheel of Time)系列]!

我们当中很少有人有时间创作这么大型的系列。但我们都可以利用有限的时间进行创作。我在书中和写作训练营中经常讲到这个,我仍然认为这是我作为一个新手作家得到的最好的建议——按照定额写作。我的建议是：弄清楚你一周可以**轻松地写出**多少字。这意味着你可以写作，而不把你生活的其他部分——家庭、朋友、日常工作——变成压力、焦虑、指责、疾病或暴饮暴食的旋涡。

别勉强自己。找到你的舒适区，然后把这个数字增加10%，作为一个高一点的小目标。把它作为每周的定额，分成六天。这样，如果你有一天没完成定额，可以在其他日子里多写一点来补上。每周休息一天，给自己充电。

如果你一周都没有完成定额，**忘了它吧**。新的一周重新开始。

### 培养粉丝

随着读者人数的增长，找到与你的读者建立联系的方法。你可以这样做：

（1）创建电子邮件通讯录。提供免费内容以换取用户注册（我提供免费的中篇小说）。在你所有的书后放上这个链接。

（2）定期与你的联系人沟通。一个月一次就可以了。至少每两个月一次。

（3）让你的通讯内容富有趣味。你不希望读者把它当成垃圾邮件。如果他们喜欢你的通讯内容，他们就更有可能购买你向他们推销的东西。

（4）读者联系你时，尽快回复。

（5）尽量少在社交媒体上露面。之所以说"尽量少"，是因为在我看来，关键在于选择你喜欢的几个，而不是四处撒网。

## 我喜欢的小贴士

来自我的笔记本

我整理了一份我喜欢的小贴士，内容如下：

- 感情！这就是你的读者想要的！感情甚至比技术或情节更重要。要感动你的读者，你自己必须被感动。带着感情写作！
- 增加丰富的细节，像格雷格·伊勒斯（Greg Iles）[1]那样。找到细节，增加细节！在小说的前半部分多下功夫，尽早让读者建立信任！斯蒂芬·金使用大量的辅助细节来赋予故事真实感。找到细节，并把它们融入文本中，而不是随便往那里一堆。让它们与故事有机结合起来。
- 看见和听见你的人物。找到可以用来剪切和粘贴的图片。列出人物的名字和他们最想要的东西。
- 利用人物来描写其他人物（他们是如何谈论别人的，等等）。
- 认真研究冲突：身体上和情感上的。
- 扮演记者，拓展你的世界。
- 列出各种可能性的清单。寻找原创性。
- 场景：列出可能的目标和结果。然后想出最好的冲突。
- 用"继续阅读提示"来结束每一章。
- 写 300 词。休息。然后继续。
- 小说和非虚构写作一样，都要有细节。
- 每页使用至少一种感官印象（听、尝、看、摸、闻）。

---

[1] 美国惊悚小说作家。——译者注

- 慎用巧合和人为的东西！
- "很多成功的小说都取决于一个简单的策略：不安。"罗伯特·牛顿·派克（Robert Newton Peck）如是说。
- 写一本关于小说创作的日记，谈论你正在创作的作品。和自己玩"如果……"的游戏。用它开始每一天。
- 记录你每天写了多少字。
- 为你写完的内容做"章节提要"。
- 保持放松！坚持学习写作的技巧，但是当你写作时，要写得又快又放松。
- 阿西莫夫的写作规则：

(1) 设置一个问题并知道解决方法（如何结尾），但并不需要确切地知道具体过程。然后享受写作的乐趣，直到到达那个结尾。

(2) 作家的瓶颈：同时进行六个以上的项目。如果你在一个项目上卡了壳，就换到下一个。

(3) 坚持写作。利用你能抓住的每一分钟。想着写作这件事。即使你没有在写作，你也是在写作！

- 为你的故事寻找合适的音乐，用音乐开始每一天的写作。这能使你远离创作瓶颈。
- 故事发生在人物的内心。情节是揭示人物内心的事件记录。

## 不入虎穴，焉得虎子

> 如果一切似乎都在你的掌控之中，那说明你的速度还不够快。
> ——马里奥·安德烈蒂（Mario Andretti），传奇赛车手

2021年，坦帕湾海盗队以31比9的压倒性优势击败堪萨斯城酋长队，赢得了超级碗。海盗队中有一个43岁的四分卫，名叫布雷迪（Brady）；还有赢得这项赛事的最年长教练，67岁的布鲁斯·阿里安斯（Bruce Arians）。

作为美国橄榄球联盟的一名四分卫教练，阿里安斯经历了漫长而艰难的职业生涯。他几次上任又几次被解雇。担任海盗队主教练的第一年，他的战绩是七胜九负。然后，他迎来了布雷迪和超级碗。

在这整个过程中，阿里安斯凭借一句话让自己和他的团队充满斗志。实际上，他是从酒吧里的一个家伙那里听到这句话的，当时，他认为自己当主教练的梦想永远不会实现了。这句话就是：**不入虎穴，焉得虎子**。

简直像为橄榄球教练量身定制的，不是吗？

正如阿里安斯的前锋教练凯文·罗斯（Kevin Ross）所说的："如果你不抓住机会，你就不会赢。你不能害怕。"

对作家来说，这意味着什么？

### 挑战选题

我认为，你写的每一部小说都应该是一个新的挑战。可以是一个概念，也可以是"如果……"会怎样的设想，要求你做一些新的研究。

这是一种冒险。

或许你想写一个热门话题。这点风险算得了什么！尤其是现如今，"这能畅销吗？"的问题已经压倒了"这会冒犯一些人吗？"。

但是正像那句老话说的，成功没有确定的公式，但是失败有——那就是试图让每个人都满意。

### 挑战技巧

你敢于在技巧方面冒险吗？你是否响应了柯克舰长①的号召，大胆地前往以前没有去过的地方？

小说有七大成功要素：情节、结构、人物、场景、对话、风格和意义。

你可以选择其中一个或所有，决心把它们提升一个档次。例如：

**情节**——你把赌注推得够高了吗？如果形势对主人公不利，你还能让它变得更糟吗？有一次，一个学生在我的写作训练营中讲述了他的情节。故事的主人公是一个心怀愧疚的男人，因为他的兄弟死了，而他没有尽全力去救他。然后，我让全班同学做一个练习：主人公有什么事情没有告诉你？他想隐瞒什么？

我让他们举一些例子，一个家伙举起了手。他说："我也没想到会这样。但是我的人物告诉我，是他杀死了他的兄弟。"

全班同学集体发出一声惊呼。这个家伙说："但是我害怕如果这样写，不会有人同情我的人物。"

我问全班同学："你们当中有多少人会读这本书？"

每个人都举起了手。

用你的情节去冒险。大胆地前往以前没有去过的地方。

**人物**——给你的人物施加压力，让他们更多地坦露自己。我有一个专门的文件夹，保存了一系列自由形式的文档，在这些文档中，人物与我对话，回答我的问题，对我发脾气。我要剥开洋葱。

---

① 美国科幻影视系列作品《星际迷航》的主人公。——译者注

用你笔下的坏人来冒险怎么样？怎么个冒险法？与他共情！

哇哦，这是有点冒险。但是你知道吗？你在读者心中制造的情感纠结会让虚构的梦境更真实。这就是你的目标。用迪恩·孔茨的话说：

> 最好的反派是那些让人怜悯的人，甚至有时候，恐惧伴随着真正的同情。想想弗兰肯斯坦的怪物可怜的一面。想想那些可怜的狼人，憎恨自己在满月的光辉下变身，却又无法抗拒身体内细胞变异的冲动。

**对话**——你是否愿意在对话上下更多的功夫，不要总是那么直白？换句话说，你如何在不让人物直接说明的情况下，揭示场景的表面之下发生的事情？

**风格**——你愿意用风格来冒险吗？这是一个棘手的问题。一方面，你希望用最简洁的方式讲述你的故事，不想显得油腻。

另一方面，风格是一个未知因素，可以把你的小说提升一个档次。关于这个问题，我多次引用了约翰·D. 麦克唐纳的话。他希望他的文字有一种"不那么张扬的诗性"。

前段时间，我按照顺序阅读了迈克·汉默系列。看着米奇·斯皮兰作为一位作家的成长，是一件很有意思的事。让他一鸣惊人的《审判者》(I, The Jury)是一部纯粹的动作小说，充满了性和暴力。今天读来几乎像一部仿作。但是在他的下一部作品《快枪手》(My Gun is Quick)中，他开始描写汉默的内心世界，让这个人物更有趣。到他的第四本书《孤独之夜》时，汉默是一个充满激情的人物，内心的冲突几乎要把他撕裂。他的第一人称的语气仍然是冷酷的，但是拥有了"一种类似于垮掉派诗歌的原始力量"（一位评论家语）。安·兰德（Ayn Rand）也毫不避讳地将《孤独之夜》排在著名作家托马斯·沃尔夫的所有作品之前！

简言之，斯皮兰并没有满足于他第一部小说的荣誉。他不断鞭策自己做得更好。

他愿意为了收获去冒险。你也可以这样做。

## 成功作家的七个习惯

前段时间,我读到一篇关于成功的富人有哪些习惯的文章,是根据汤姆·科里(Tom Corley)的一本书缩编的。看完之后,我觉得这些习惯也适用于作家。我所知道的那些在这场游戏中取得成功的人——无论是通过传统方式出版作品,还是通过独立创作赚到了钱,或者两者兼而有之——都有以下七个习惯。

### 1. 坚持不懈

这篇文章指出:"虽然我们普遍认为坚持是一种人格特质,但它无疑是一种可以随着时间学习和养成的习惯。面对逆境时,富人会继续努力,知道成功可能就在转角处。"

成功的作家从不放弃或者停止学习。文章发现,88%白手起家的富人(换句话说,不是富二代)每天至少阅读30分钟,为自己充电。作为作家,你也是这样做的吗?在过去的25年里,我想不出有哪一周我没有阅读或研究过与写作技巧相关的东西。

### 2. 设定可以实现的目标

这篇文章讨论了错误的目标,例如:
"我想成为我所在领域公认的领袖。"
"我需要赚更多的钱来还贷款。"
"我想每年和家人有一次昂贵的度假。"
文章中写道:

> 这些目标的问题在于它们并不具体,可能也不现实。例如,如

果我拿着最低工资，那么对我来说，今年实现一次昂贵的度假就是不可能的。

真正的目标是那些可以付诸行动的东西。"我想成为《纽约时报》畅销书榜作家"不是目标，而是梦想。你不能按下按钮让它发生。你能做的就是让自己成为一个更好的作家。你可以决定每天花30分钟学习写作技巧，每周花一个小时展开头脑风暴。最重要的是，你可以决定自己每周要写多少字。这些事情是你可以衡量和控制的。

### 3. 找到一位导师

这篇文章说，93％的富人都有一位导师，帮助他们走向成功。

导师可以是真人，也可以是书面上的。我把劳伦斯·布洛克当作我的导师，尽管他从未亲自指导过我。为什么这么说？因为我每个月都虔诚地阅读他在《作家文摘》上的小说专栏，每次都感觉他在给我谆谆教诲。他有能力进入作家的思想，当然也能进入我的思想。我也试着以同样的方式写下这些关于写作技巧的书。

一个优秀的编辑也可以提供指导，这样的人有很多（通常是收费的，如果编辑知道自己在做什么，这笔钱就花得值）。一个好的批评家也可以扮演这个角色。

### 4. 积极向上

据这篇文章所述，富人对生活抱有积极的看法，乐观、快乐，并对自己拥有的一切心存感激。一些具体发现包括：

- 94％的人不传闲话。
- 98％的人相信无限的可能性和机会。
- 94％的人喜欢他们选择的职业。

作家也需要对自己拥有写作能力心存感激。对有机会出版心存感激。另外，不要贬低其他作家。相信你拥有无限的选择。精心呵护让你最初开始写作的那份热爱。

### 5. 自我教育

这篇文章发现，85％的成功人士坚持每个月阅读两本书或更多。这对于作家来说尤其重要，他们需要博览群书，而且不仅仅是读小说。各种各样的非虚构作品有助于扩展你的视野，让你更好地理解人类。

这些天里除了小说，你还在读些什么？

### 6. 追踪进展

科里发现，富人非常注意评估自己的表现：

- 65％的人记录待办事项清单。
- 94％的人每个月核对他们的银行账户。
- 57％的人计算摄入的卡路里。
- 62％的人设定目标，并跟踪自己是否在按计划实现目标。

自2001年以来，我一直用电子表格记录我的写作情况。我可以告诉你我每天、每周、每月、每年写了多少字，写的是哪个项目。

我把所有项目按照优先顺序排列，每天都知道我准备写哪一个。

### 7. 与追求成功的人为伍

科里写道："自力更生、白手起家的富人对于交往的对象是很讲究的，他们更愿意与那些具有成功思维的人打交道。当这些白手起家的富翁发现某人有过人之处，便会投入大量时间和精力，与之建立高效的人际关系。为了将人际关系的新生嫩芽培植成参天大树，他们会充分利用互惠原则。人际关系是成功人士的货币。"

他的建议是每天花30分钟来维系这种关系。这可能意味着充当顾问、提供建议，或者只是提供有效的陪伴。

大多数作家都是非常励志的。你可以跟他们交朋友。加入本地的作家团体，比如犯罪小说姐妹会（Sisters in Crime）或者美国推理作家协会（Mystery Writers of America）。参加文学节。

有意识地让自己远离生活中那些尖酸刻薄的人。

享受、写作、评估、衡量、学习、改正——然后更加享受、写作，永不放弃。这就是成功的秘诀。

## 克服写作障碍的两个诀窍

每个作家都知道写作时"在状态"是什么感觉。文字从键盘上飞出来,你完全沉浸其中。

每个作家也都知道,写作时像穿着雪鞋在拉布雷亚的沥青坑里跋涉是什么感觉。这种时候,我有两个建议。

### 1. 十五分钟

在 2017 年 10 月的《作家文摘》中,大卫·科比特(David Corbett)采访了迈克尔·康纳利(Michael Connelly)。最后,他请康纳利给想要成为作家的新人提些建议。康纳利说:

> 我想把我从哈里·克鲁斯(Harry Crews)那里学到的东西传下去,他是我在佛罗里达大学的创意写作老师。他说,如果你想成为一名作家,你必须每天写作,即使只有十五分钟。这"十五分钟"击中了要害。你必须始终想着故事;你不能让它溜走。

读完这篇文章后不久,我就陷入了写不出来的瓶颈。我想起了康纳利的话。我看了看表,对自己说:"上午 11 点,我要花十五分钟来写作。"这似乎不难做到。这不是一个沉重的负担。

于是,11 点时,我坐下来开始打字。我注意到,没过多久,我又投入了这个故事。当我再次看表时,已经是 11 点 25 分了,我已经写了 654 个词。

### 2. 一英寸相框

这个想法来自安妮·拉莫特(Anne Lamott)和她的《关于写作:

一只鸟接着一只鸟》（Bird by Bird）。她在书中说，她的桌子上有一个一英寸的空相框。

> 它提醒我，我唯一该做的就是写出一英寸见方的短文。这是目前我应该写出来的篇幅。当下我想做的是，例如，写一小段故事背景设定在我家乡小镇的叙述，时间是五十年代，当时仍有火车停靠。我将用我的文字处理机通过文字描绘它。或者我想叙述的是主角的首度出场，即她在故事中第一次走出屋门到前廊的情景。我甚至不打算描述当她第一次注意到那只瞎眼的狗坐在她的车轮后面时的表情——我只需要能塞满一英寸见方框框的文字，一小段描写这名女子在以我成长的小镇为背景的故事中首度出现的景象。①

这种方法对我也很有效。如果我把注意力集中在一件事情上，忘记整部小说的大背景，就会感觉更容易完成。当我填满那个框框之后，我总是想继续写下去。于是，我又填满了一个一英寸的框框。然后，通常我就进入状态了，文字又开始源源不断地冒出来。

正如棒球明星尤吉·贝拉（Yogi Berra）曾经说过的："百分之九十的比赛有一半比的是精神。"写作也是如此，尤其是如果你想把写作当成一项长期事业的话。

下一次，当你就是不想敲键盘而陷入困境时，让自己写十五分钟或者填满一个一英寸的框框。你可以写出这么多，就很可能写出更多。

---

① 拉莫特. 关于写作：一只鸟接着一只鸟. 朱耘，译. 北京：商务印书馆，2013. ——译者注

## 福利篇1：思维游戏和好故事

在这部分中，我们将左脑和右脑结合起来，将疯狂的头脑和熟练的建设者结合起来，将创意和形式结合起来，将想象力和技巧结合起来。

将工作和玩耍结合起来。

- ◆ 疯狂的思维游戏
- ◆ 十天写出一部好小说

## 疯狂的思维游戏

每周花一些时间进行纯粹的创意练习，养成习惯。让你的思想尽情驰骋，就像一个孩子在大雨和泥泞中玩耍。玩吧！弄脏全身。做泥巴馅饼。**做任何你想做的事，不要判断和评价。**

我最喜欢的两个创意游戏是"如果……？"和"开场白"。

### 如果……？

训练你的头脑，去观察这个世界，新闻、广告牌、街头的行人，然后问自己："如果……怎样？"如果公共汽车站那个老人是个在逃的连环杀手？如果那只试图与人交流的倭黑猩猩是阿道夫·希特勒转世的？

这个游戏拥有双重价值。首先，你肯定能想出一个情节，让你想要把它变成一部长篇小说。同时，你也会想出很多没用的东西，但这会带来第二个好处——让自己想出更多的"如果……？"能够拓展你的想象力，这将从各个方面提升你的写作。

开始提问吧！

### 开场白

写开场白太有意思了。写一些让人无法抗拒的开场白，不要去想它们可能意味着什么。在一次练习中至少写出五个开场白，不要停下来进行评估。

有一次我做这个练习时写下了：

> 不是每天都有人流血而死。

我还写了一些其他的。后来到了评估的时候，这句话最吸引我。于是，我接着写了第一章。然后接着写完了一部中篇小说《陷害》（Framed），并得到了好评。最后，我在网站上免费分享了这篇小说，为我的电子邮件通讯录赢得了数百个注册用户。

一切都从玩一个游戏开始。

出去玩。玩得一身泥。玩得开心。然后洗个澡，擦干身体，穿好衣服，舒舒服服地坐好，选择你最想写的点子。

接下来，请阅读下一节。

## 十天写出一部好小说

从"疯狂的思维游戏"开始，我们进入了一个全新的空间，流行的畅销书在这里成型。像任何销售产品的企业一样——从鞋子到船舶，从封箱蜡到小说——一个高质量的生产系统都是必需的。

现在，我知道**"系统"**这个词会让"直觉型"作家觉得后脖颈发毛。请先冷静下来。因为我的建议实际上只是另一种形式的玩耍和发现，而这正是你们随性派作家最喜欢的。

而且，这个系统将为你的想象力开辟广阔的新草原，提供比你现在拥有的更大的自由。因为当你开始写故事时，就已经对人物、背景设定和情境做出了约定。是的，你可以在写作时探索和"发现"，但只能在一开始设定的范围内。

而这个系统会提供无限的故事世界供你玩耍，你可以选择其中最有感觉的。

对于喜欢提前设计情节的朋友，这个系统将驱使你发挥更疯狂的创造力，或许你以前还不习惯这样。它将帮助你避开过度依赖大纲的陷阱——做出"不是这样老一套，就是那样老一套"的选择。

现在，让我们假设你在你最新的作品上打出了**"全书完"**，或者真的下定决心要创作你的第一部长篇小说了……第二天早上醒来，煮好咖啡，踏上旅途。给自己十天时间。

### 第一天：抓住灵感

如果你遵循了前一节的建议，那么现在你手里应该有许多有潜力的项目。

第一天，拿出你的清单，看看哪些点子最吸引你。挑出几个，发挥想象。找到那个最想让你讲述的点子，开始去**感受**它。

有一次，我做"开场白"的练习时写道："你的儿子还活着。"我不知道这句话是谁说的，也不知道他是什么意思。但是它深深地吸引了我，让我写完了整部小说，书名就叫作《你的儿子还活着》。你也会找到这样的灵感。

晚上过去，早晨到来，这是第一天。

### 第二天：白热文档

开始制作我所谓的"白热文档"。我是从伟大的写作导师德怀特·斯温那里学到这个的。这是一份自由格式的文档，想到什么就写什么。随心所欲地写——关于情节的灵感、关于人物的灵感、关于场景的可能性。

跟自己交谈——你的灵感想告诉你什么？它的核心问题是什么？

一直写下去，不要修改。

现在去睡觉，明天再说。

### 第三天：修改和批注

阅读你的白热文档。开始标记出看起来最有希望的部分。加入更多的创意和可能性。睡觉，明天再说。

### 第四天：再次修改和批注

你知道应该怎么做。

### 第五天：主要人物

让主要人物更丰满——主角、对手、主要的配角。不需要详尽的传记。你想知道的是他们**为什么**会出现在这个故事里——动机、欲望、秘密。

### 第六天：市场潜力

只玩耍不工作，聪明作家也变傻。这一天，让你的左脑休息一下，评估这个点子的销售潜力。关注这些问题：

——你有值得追随的英雄吗？为什么？

——你的对手比主人公更强大吗？在哪些方面？

——谁是你的观众？

——你的点子如何给以前有过的东西增加新鲜感？

从这几个方面完善和修改你的概念。

## 第七天：推销

现在，写一段三句话的推销文案：

（1）（人物的名字）是一个（职业），他的（近期目标或愿望）是什么。

（2）但是，（不归之门），（人物）遇到（主要冲突）。

（3）现在，（人物）必须（主要目标）。

> 多萝西·盖尔是一个农场女孩，她梦想着离开堪萨斯，去一个很远很远的地方，在那里，她和她的小狗能够远离镇上爱管闲事的喀尔胥小姐。
>
> 但是，一阵龙卷风袭击了农场，多萝西被吹到了一片奇怪的土地上，这里充满了奇异的生物，还有至少一个想要杀死她的坏女巫。
>
> 现在，在三个神奇的朋友的帮助下，多萝西必须想办法打败坏女巫，让伟大的巫师送她回家。

修改你的推销文案。让每句话都举足轻重。这将为你的书的畅销奠定一个坚不可摧的基础。日后，它可以用在你新书的封底上。

## 第八天：重磅结局

写一个能够打动读者的结局（至少以提要的形式），让他们欢呼或哭泣，或者既欢呼又哭泣。在你脑海中的剧场观看这部"电影"。听听原声配乐！

这并不意味着你被它套牢了。但是，想象一个杀手级的结局，能够刺激你的灵感、激发你的写作欲望。结局随时可以改变，但是至少，在旅途中，它给了你一颗指引方向的北极星。

### 第九天：路标场景

正如我在《超级结构》一书中解释过的那样，我会规划出路标场景。（请原谅这里厚脸皮的自我推销，但我不想把《超级结构》的整个系统复制过来。你当然可以设计一套自己的路标。）路标的美妙之处在于，它提供了一副骨架，能够完全支撑你的概念的血肉。其中一些场景可以先作为占位符，稍后再补充内容。

### 第十天：写出牢牢抓住读者的第一章

给我们一个立刻对主要人物造成干扰的开头。从行动开始。先行动，再解释。不要落入冗长的叙述或背景故事。你可以稍后再慢慢补充这些。在任何情况下都不要写读者会跳过的部分，这是埃尔默·伦纳德的箴言。

干得不错！你已经准备好写你的书了。一个额外的技巧：为这本小说开一本日志，如果你愿意，可以写日记，每天动笔之前跟自己谈谈你的小说。到目前为止，你对你的故事感觉如何？只需要花几分钟来做这件事。特别留意"地下室男孩们"给你送来的任何信息。

继续写。只对前一天的工作做一些简单的修改，然后继续。当然，每个人的日程安排和生活环境各不相同。时间对你来说是个问题吗？只要记住：一天写一页（250词），一年就能写完一本书。一年出一本书绝对是个高产的作家了。

一旦你的小说完稿，就进入了修改阶段。不过与此同时，花十天时间为你的下一部小说做准备。

周而复始，直到生命尽头。毕竟你是个作家。这就是你要做的。

## 福利篇2：看电影

我们作家可以从伟大的电影中学到很多东西。在这部分中，我将介绍几部我最喜欢的电影。我强烈建议你先看看它们。如果你是第一次看这部电影，先把它纯粹当作一个故事来欣赏，然后再阅读后面的内容。如果你以前看过这部电影，可以先看书，然后再对照着重看电影。

别忘了爆米花。

- ◆《生活多美好》
- ◆《教父》
- ◆《卡萨布兰卡》

## 《生活多美好》

弗兰克·卡普拉（Frank Capra）的《生活多美好》(*It's A Wonderful Life*) 并非一直是最受欢迎的圣诞经典电影。因为这部电影在1946年首映之后就很少重映了。到了50年代，电影开始在电视上出现时，《生活多美好》陷入了版权纠纷。乌云直到1974年才开始消散。这一年，影片的版权所有者共和影业（Republic Pictures）未能续期（可能是由于疏忽），这部电影进入了公共版权领域。从那时起，它开始在电视上出现，为新一代观众所喜爱。

为什么这部电影如此受欢迎？评论家称之为"卡普拉之触"。我们可以学到以下几点。

### 框架故事①

《生活多美好》开始和结束在同一个圣诞夜，在一个叫贝德福德瀑布的小镇上。影片开场是白雪覆盖的小镇，背景中是男女老少为一个叫乔治·贝利的人祈祷的声音。最后一个声音来自一个叫祖祖的孩子（乔治最小的女儿），她恳求道："求求您，上帝，我爸爸有麻烦了，求您让他平安归来！"

然后镜头转向天堂，天使（以闪烁的星星的形式）讨论着如何回应这些祈祷。任务交给了一个名叫克拉伦斯（Clarence）的天使，他希望获得自己的翅膀。

影片切换到乔治的故事，从他的童年到现在。他是一个有希望和梦

---

① 指一个故事被嵌套在另一个故事中，或者一个故事作为另一个故事或一系列其他故事的框架。——译者注

想的人，认为自己是一个失败者；实际上，他觉得如果自己死了对大家都好。

就是在这个时候，天使克拉伦斯介入了。

影片的结尾回到圣诞夜的框架，以乔治的救赎结束。圣诞树上的铃铛响了。祖祖说："老师说，铃铛每响一次就会有一个天使得到翅膀。"

乔治对着天空眨了眨眼。"好样的，克拉伦斯。"

**经验：如果你能让框架故事本身引人入胜，就能为作品增添另一重情感。**其他使用这种手法的电影还有《公主新娘》（*The Princess Bride*）和《泰坦尼克号》（*Titanic*）。使用框架故事的小说包括雷·布雷德伯利的《图案人》（*The Illustrated Man*）、尼尔·盖曼（Neil Gaiman）的《车道尽头的海洋》（*The Ocean at the End of the Lane*）、尼古拉斯·斯帕克思（Nicholas Sparks）的《恋恋笔记本》（*The Notebook*）和斯蒂芬·金的《绿里奇迹》（*The Green Mile*）。

### 不完美的主角

完美的英雄是无趣的。在内心深处，我们并不买账。这就是为什么你的主角应该像我们所有人一样，有缺点和毛病。

乔治·贝利［詹姆斯·斯图尔特（James Stewart）饰］是一个好人，一个可靠的公民，但远非完美。维奥莱特·比克［格洛丽亚·格雷厄姆（Gloria Grahame）饰］摇曳生姿地走在街上时，他看得简直入了迷。他会发脾气，会骂人。头脑简单的比利叔叔搞丢了一笔重要的银行存款时，他对比利大发雷霆。在平安夜，他处在人生的最低谷，他在电话里对孩子的老师大喊大叫，然后对孩子们大喊大叫，把他们弄哭了。［斯图尔特的表演自始至终都很精彩。他获得了奥斯卡最佳男主角提名，只是惜败给了《黄金时代》（*The Best Years of Our Lives*）中同样出色的弗雷德里克·马奇（Fredric March）。］

**经验：不完美的主角能够制造同情。然而，关键在于他要意识到自己的缺点，并努力克服它们，就像乔治一样。**

### 强大的配角

《生活多美好》中的每一个配角都刻画得很好，而且各具特色：天使克拉伦斯［亨利·崔佛斯（Henry Travers）饰］；警察伯特［沃德·邦德（Ward Bond）饰］；出租车司机厄尼［弗兰克·费伦（Frank Faylen）饰］；悲剧人物高尔先生［H. B. 沃纳（H. B. Warner）饰］；祖祖［卡洛琳·格莱姆斯（Karolyn Grimes）饰，她仍然健在］；老波特［莱昂内尔·巴里摩尔（Lionel Barrymore）饰］，他是一个典型的反派，连他那没有台词的跟班也令人印象深刻。

**经验**：给你的每个配角独一无二的怪癖和标签，即使只是一个小角色。这将为你的故事增添"风味"，增加读者的乐趣。

### 一波三折的罗曼史

影片的核心是乔治和玛丽［唐娜·里德（Donna Reed）饰］的爱情故事。乔治的兄弟哈里结了婚，回到镇上，乔治得知哈里的岳父给他提供了一份好工作。哈里告诉乔治，他会信守诺言，继续经营建筑贷款公司，这样乔治就能出去闯世界了，但乔治知道对哈里夫妻来说，那份好工作是绝佳机会，所以他让哈里接受它。

留在镇上让乔治愈发感到挫败。那天晚上，他路过玛丽·哈奇（Mary Hatch）的家。玛丽从学校回来，一直在等待这一刻。她穿上了她最漂亮的裙子，布置好客厅，摆出了描绘他们高中时代浪漫时刻的图画——乔治说他要为玛丽"把月亮摘下来"。

但那是过去的事了。

现在，玛丽竭力想要重新点燃他们之间的爱火，乔治却句句话跟她对着干。玛丽终于受够了。就在她打碎《布法罗女孩》的留声机唱片时，她接到了追求者山姆·温赖特（Sam Wainwright）的电话。山姆要跟乔治说话。他愿意在他新开的塑胶厂为乔治提供一个"底层"职位。

玛丽……塑胶……钱……

乔治爆发了。他抓住玛丽的肩膀，用力地摇晃她。"你给我听好了！我不要塑胶厂，不要发财！我更不要和任何人结婚——永远不想和任何人结婚！你明白吗？我要做我喜欢的事。而你……你……"

　　乔治把玛丽拉过来，紧紧地搂在怀里。爱情征服了他的愤怒。

　　**经验**：读者喜欢爱情故事。但无论是主线还是次要情节，爱情的道路上都必须遇到障碍。在高度紧张的场景中，找到人物内心交战的激烈情绪。

### 镜像时刻

　　影片中间有一个完美的"镜像时刻"。乔治被迫审视自己，选择他要成为什么样的人。

　　老波特一直试图接管——或者毁掉——贝利建筑贷款公司，这样他自己的公司就是本地唯一的建筑公司了。但是乔治挫败了这些计划。乔治已经结婚生子，却没有像他的朋友山姆·温赖特那样，在战争期间靠塑胶制品发了大财。

　　波特知道乔治没有钱，他把乔治叫到他的办公室，递给他一支大雪茄。他先是奉承乔治，然后给他提供了一份工作——薪水是乔治目前收入的十倍！

　　"你想必不会介意住进富邸豪宅，"波特说，"给自己的妻子买些好衣服，每年不时前往纽约公干，偶尔还能去欧洲出差。你是不会介意的吧，乔治？"

　　乔治惊呆了！他受到了诱惑。像那样旅行一直是他的梦想。他的妻子不得不靠他微薄的薪水勤俭持家，他一直渴望能让她过上富裕的生活。他在考虑这个提议，同时问波特，贝利建筑贷款公司会怎样。

　　"年轻人，得了吧，你难道不想功成名就吗？"贝利说，"我想跟你签三年合同，年薪两万，即日生效。你到底接不接受？"

　　我们看到了乔治眼中的矛盾。我是谁？他在思考。如果我接受这份工作会怎么样？

他要求波特给他一天时间来考虑。波特同意了，让乔治去和他妻子商量一下，同时他来起草合同。他伸出手来。

剧本描述了接下来发生的事情：

> 当他们握手时，乔治感到生理上的厌恶。波特的手摸起来像一条冰冷的鲭鱼。在身体接触的那一刻，他知道自己永远不会和这个人联系在一起。乔治颤抖着放下手。他目不转睛地盯着波特的脸。

乔治说："不……不……等等！我不用 24 小时，也不用和别人商量。我现在就回复你：我不接受，做你的春秋大梦去吧！"

乔治已经决定了自己是谁，但这足以支持他吗？这就是电影其余部分的主题。

**经验**：在你写作的某个阶段——计划阶段或者随性创作过程中的任何时刻——通过头脑风暴，想出主人公可能会问的关于他自己的五个深刻的问题。在这个时间点上，故事内在的核心问题是什么？你经常会发现，第三、第四或第五个点子会跳出来告诉你：就是它！这时候，你就**知道你的故事到底是关于什么的了**。

## 转变

每一个伟大故事的结尾都是主角的转变。在这部电影中，乔治本来是一个痛苦、沮丧的人，最后意识到他对世界的贡献就在他故乡的小镇上。由于他的牺牲和慷慨，贝德福德瀑布是一个可爱的家园，与另一个世界中的波特镇（在那里，乔治从未出生）截然相反。

请注意，这个转变是对镜像时刻提出的问题的回答。

这里有一个小技巧，可以为这一切增加深度：**反对转变的观点**。

意思是在第一幕早些时候有一个节拍，主人公表达了反对转变的观点。例如，《卡萨布兰卡》中的里克最后变成了一个自我牺牲的英雄。那么，一开始他是怎么说的？"我绝不为任何人舍命。"在《生活多美好》的第一幕中，乔治没有意识到他对小镇的爱。少年乔治·贝利对玛丽和维奥莱特说：

你不喜欢椰子！小笨瓜，你知道椰子是从哪来的吗？看这里——塔希提岛——珊瑚海的斐济群岛都盛产椰子！

玛丽：新杂志！我还从没见过呢。

乔治：当然啦，只有我这样的探险家才有这个。我已经获提名加入国家地理协会了。总有一天我要出去探险，你看着吧。我将妻妾成群，讨个三四房老婆。等着瞧吧。

**经验：** 一旦你确定了转变，在第一幕给主人公安排一两句台词，表达相反的观点。这样读者就能体验到最令人满意的人物弧光。

这就是为什么《生活多美好》是当时乃至永远的经典之作。

# 《教父》

弗朗西斯·福特·科波拉（Francis Ford Coppola）1972 年的电影《教父》目前被美国电影学会列为美国电影史上第二伟大的电影（仅次于《公民凯恩》）。这部电影根据马里奥·普佐的小说改编。虽然大多数情况下，人们会说原著比电影好，但这个结论不适用于《教父》。下面是这部电影给我们的一些启示。

## 情节

柯里昂家族原来的老大维托·柯里昂拒绝支持新兴的毒品业务，他的敌人试图杀死他。他的儿子迈克尔是一位战争英雄，他杀死了一个黑帮成员和一个腐败的警长，为父亲的中枪复仇。在后来的帮派斗争中，迈克尔一步步成长为最冷酷无情的教父。

**经验**：能够用三句话概括你的故事情节（也就是电梯演讲）。这一点既适用于奇幻史诗，也适用于浪漫题材。我的电梯演讲公式如下［以里斯·赫尔奇（Reece Hirsch）的《局内人》（*The Insider*）为例］：

（1）（人物的名字）是一个（职业），他的（近期目标或愿望）是什么。

> 威尔·康纳利是一名律师，即将实现他的梦想，成为旧金山一家知名律师事务所的合伙人。

（2）但是，（不归之门），（人物）遇到（主要冲突）。

> 但是，为了庆祝，威尔在一家俱乐部搭上了一个俄罗斯姑娘，随后他发现一伙俄罗斯小混混盯上了他，他们的目标是威尔的客户

为美国国家安全局制造的绝密计算机芯片。

(3) 现在，（人物）必须（主要目标）。

现在，俄罗斯黑帮、证券交易委员会和司法部都在盯着他，威尔必须在周围的一切"爆炸"之前想办法挽救他的职业生涯和他自己的生命。

### 反对转变的观点

为了创造人物弧光，一个简单而优雅的工具就是我所说的"反对转变的观点"。

通常，在经典的英雄之旅的结尾，主人公会变成比开始时"更好的自己"。《卡萨布兰卡》中的里克成了一个英雄，他愿意为了更大的利益牺牲自己个人的幸福。他让真爱伊尔莎和她的丈夫维克多·拉斯罗一起上了飞机，因为他知道这样对每个人，甚至对战争都是最好的。

但是，他在第一幕开头的哲学是什么？是他反对转变的观点。"我绝不为任何人舍命。"他说。

这从故事一开始就给了观众一个"钩子"，暗示了故事的真正内涵。

在《教父》中，我们得到的是一条负面的弧光，一个走向相反方向的转变。

在影片开头的婚礼场景中，迈克尔（他即将变成主人公）是一名战争英雄。他和女友凯坐在一起，她看到了一个"可怕的男人"。迈克尔解释说，那是卢卡·布拉西（Luca Brasi），他父亲的"朋友"。他告诉她，有一次，维托和卢卡去拜访一个帮派的头目，对方不愿意解除歌手约翰尼·方丹（Johnny Fontaine）的长期合同。迈克尔说，卢卡用枪顶着那家伙的头，维托告诉他，如果不在解约协议上签字，他的脑袋就会开花。

凯吓坏了。但是迈克尔向她保证："那是我的家庭，凯。不是我。"

这就是他反对（负面）转变的观点。

### 证明转变

在电影或小说的结尾，我们必须**看到**一些能够**证明这种转变**的东西。通常，这是最后一个场景或章节。在《卡萨布兰卡》中，里克为了拯救伊尔莎和拉斯罗，不惜牺牲自己的生命，证明了他是一个英雄。

在《教父》的最后一幕中，迈克尔的妹妹康妮歇斯底里地对迈克尔咆哮，因为他下令暗杀她的丈夫卡洛。凯听到了一切，只剩下她和迈克尔单独在一起时，她问他这是不是真的。"别过问我的公事，凯。"他说。她坚持要问。"够了！"他说，然后妥协了，"只此一次，这次我让你问吧。"凯又问了一遍，迈克尔看着妻子的眼睛，用最真诚的语气说："不是。"

这就是转变。迈克尔放弃了自己的灵魂，成为新的老大。他可以当着妻子的面面不改色地撒谎。

**经验**：看看你的主人公在小说的结尾变成了什么样子。在第一幕中给主人公安排一段表达相反观点的对话。最后，用一个场景向我们展示主人公是如何变化的，从而证明这种转变。

### 镜像时刻

影片的中心是主人公迈克尔的镜像时刻。关于这种节拍的完整处理，参见我的《从中间开始写小说》一书。

简言之，在一个场景中有那么一个时刻，主人公不得不从比喻意义上看着自己，就像照镜子一样。有趣的是，在电影的这个场景中经常出现真正的镜子。人物必须在"生死攸关"的第二幕中评估自己。这个时刻是开始时的"反对转变"与最后的"证明转变"之间的关键。

在医院里，迈克尔又一次挫败了对他父亲的暗杀企图，然后遇到了腐败的警长麦克劳斯基（McCluskey）。麦克劳斯基打破了迈克尔的脸。

在随后的家庭会议上，桑尼（Sonny）准备开战。汤姆·黑根（Tom Hagen）反对。

迈克尔坐在那里，几乎没有人注意到他。他提出了一个计划——他们要为索洛佐（Sollozzo）和麦克劳斯基安排一次会面，迈克尔（敌人认为他是中立的）将拿到一把枪，杀死他们两个。

会面地点定在布朗克斯的一家小餐馆。银幕之外，小头目克莱门扎（Clemenza）把一把枪藏在厕所里。计划是迈克尔要求上厕所，拿到枪，出来后立刻射杀两人，然后扔下枪走出去。

开枪之前，迈克尔有一个镜像时刻。在书中是这样描述的：

> 索洛佐又开始用意大利语说话，但迈克尔一个字也听不懂。他根本没在听。他只能听见自己心里的声音，耳朵里充满隆隆流动的热血。①

在电影中，这个时刻表现得更加充分。迈克尔没有听从克莱门扎的指示，一从厕所出来就射杀那两个人，而是坐回桌边。索洛佐在说话，但是镜头一直对准迈克尔的脸。他显然在思考即将发生的事。一旦他杀死了一位纽约的警长，他的生活将永远不会再回到从前。再也无法光荣的战争英雄。再也无法回避"家族事务"。

他朝那两个人开了枪。

电影余下的部分围绕着迈克尔是能找回"原来的自己"、引导家族走向合法化，还是成长为一个冷酷无情的黑手党老大展开。

---

① 普佐 . 教父 . 姚向辉，译 . 南京：江苏文艺出版社，2014. ——译者注

**经验**：无论你是计划派还是随性派，或者介于两者之间，在某个时候，通过头脑风暴想出主人公可能的镜像时刻。自从我自己开始这么做以来，我发现通常，清单上的第四或第五个点子会跳出来告诉我："伙计，这就是你这本书真正的内容！"

### 编排演员阵容

编排的原则非常重要。这意味着赋予你的人物鲜明的个性、标签和怪癖。你在这方面做得越巧妙，场景和对话中出现冲突的可能性就越大。这不仅适用于对手，也适用于盟友。

在《教父》中，维托·柯里昂有三个儿子。桑尼残忍、莽撞；弗雷多软弱、胆小；迈克尔是最聪明的，在压力下很冷静。他们表面上"站在同一边"，但彼此之间也有冲突。

汤姆·黑根是所有西西里人的律师。他和桑尼发生了激烈的争吵。有一次，桑尼对他喊道："如果我的战时参谋是一个西西里人，我就不会变成这个样子了！"

两个小头目忒西奥（Tessio）和克莱门扎，外表和性格都截然不同。性情愉快的克莱门扎向迈克尔展示他为二十个人做饭的"绝活儿"时，桑尼叫他别浪费工夫。

其中一个次要人物是令人望而生畏的卢卡·布拉西。他是一个铁石心肠的杀手。光是看着他就让人不寒而栗。但是当他在康妮的婚礼上去见维托·柯里昂时，他表现得就像一个小男孩，几乎说不出话来。

**经验**：给你所有的人物生理上和性格上的差异，以及怪癖——即使是小人物。这样做，小说的情节就会自然而然地发展起来。

## 《卡萨布兰卡》

这部经典电影经常出现在最受欢迎电影榜单的前列。它可能拥有电影史上最著名的结尾。当然，还拥有亨弗莱·鲍嘉（Humphrey Bogart）、英格丽·褒曼（Ingrid Bergman）、保罗·亨雷德（Paul Henreid）和克劳德·雷恩斯（Claude Rains）——更不用说彼得·洛（Peter Lorre）和西德尼·格林斯垂特（Sydney Greenstreet）——以及一大批华纳兄弟电影公司的优秀演员。

### 情节

第二次世界大战期间，美国人里克·布莱恩（亨弗莱·鲍嘉饰）在法属摩洛哥经营着一家酒馆——沙龙兼赌场。当地的警长路易·雷诺（Louis Renault，克劳德·雷恩斯饰）密切关注着里克。他允许里克继续营业，一方面是因为里克拒绝在战争中选边站，但主要是因为路易能从赌场拿到回扣，并利用里克的酒馆，跟那些想要换取出境签证的绝望的妻子们做身体交易。

一切本来按部就班，直到伊尔莎·伦德（英格丽·褒曼饰）和她的丈夫——抵抗运动的英雄维克多·拉斯罗（保罗·亨雷德饰）走进里克的酒馆。一切都被打乱了，因为里克和伊尔莎有过一段旧情……每个人都不得不选边站，尤其是因为纳粹少校司特拉斯［Strasser，康拉德·韦特（Conrad Veidt）饰］决心一定要阻止拉斯罗。

里克在电影一开始就宣称他"绝不为任何人舍命"，现在他必须决定是要夺回自己深爱的女人，还是为了更伟大的事业牺牲一切——包括他的生命。

## 反英雄

里克是一个典型的反英雄。英雄代表社会的愿望和价值观,而反英雄只代表他自己。他退出(字面意义或比喻意义上的)社会,要么是出于自己的选择,要么是环境使然。

在一个反英雄的故事中,主人公会被拉回到社会中,陷入麻烦的处境。最后的问题是,他是会重新加入社会,还是继续流亡。

一个好的反英雄的关键是"准则"。他有自己的人生准则,通常与社会的标准相反。

例如,肮脏的哈里(Dirty Harry)是一个反英雄。他所属的社会(警界)有一些标准(一些小规矩,比如遵守第四和第五修正案)。哈里觉得束手束脚。在电影的最后,他靠自己离经叛道的行事方式,从一个精神病患者手中拯救了一车孩子。哈里会回归他的社会吗?不会。他把警徽扔进了酒杯。(然而,电影公司的高管看到票房成绩,回收了警徽,让哈里回到警队,又出演了四部电影。)

里克在被爱人背叛——他以为的背叛——后,选择了流亡卡萨布兰卡。他的准则是公平对待客户,但不会为任何人冒险。

那么,我们为什么要关心一个反英雄?

因为你给了他一个他关心的人。肮脏的哈里关心他的搭档。凯特尼斯·伊夫狄恩关心她的母亲、她的小妹妹和一只猫。

在里克的故事中,他关心他酒馆里的底层人,尤其是他的朋友——钢琴师山姆[杜利·威尔逊(Dooley Wilson)饰]。由于他向我们展示反英雄的这一面,我们希望他得到救赎。这就是我们继续观看或阅读这个故事的原因。

## 结构化的节拍

**开头的乱子。** 我们第一次看到里克时,他正在下棋……自己和自己下!这个反英雄的视觉效果怎么样?他被狡猾的骗子犹加特(彼得·洛饰）打断了，犹加特告诉他，他拥有整个摩洛哥最值钱的东西——两张通行证，可以让持有者离开卡萨布兰卡，不经盘问。他打算当晚把它们卖掉。这给里克带来了潜在的麻烦，因为如果警察发现了这件事，他的店就得关门，毫无疑问他自己也会被逮捕。

在这里，我必须引用一句我最喜欢的电影台词，它完美地诠释了里克的性格：

犹加特：你瞧不起我，是不是？

里克：假如我向你坦白，也许是的。

在小说中，要在第一行、第一段，最迟在前半页就制造乱子。

**不归之门。**在影片四分之一处，我们看到里克从第一幕相对无忧无虑的生活被迫进入第二幕生死攸关的冲突：伊尔莎和她的丈夫走进了里克的酒馆。这迫使里克面对他对伊尔莎矛盾的感情（爱恨交织），这种感情使他的处境更加复杂。拉斯罗面临着死亡的危险，或许里克自己也是。事实上，死亡笼罩着卡萨布兰卡的所有难民。这是一座封闭的城市，处于纳粹的监视之下。

直到主人公被迫穿过这道门，小说的主要冲突才开始展开。此外，它需要发生在故事前五分之一处，否则故事就太拖沓了。

**镜像时刻。**我的镜像时刻理论是从观看《卡萨布兰卡》时开始形成的。我把进度条拖到电影的中间，看到了这一段。

面对伊尔莎的出现，里克做了任何一个热血的美国人都会做的事——把自己灌醉。几个小时后，里克沉浸在悲伤的情绪中，我们看到了一段闪回，解释了他在巴黎与伊尔莎相爱的背景故事，以及他们准备逃离和结婚的计划。可是她给他送来一张便条，告诉他，因为不能说明的原因，她不能跟他一起走。他把这视为彻头彻尾的背叛。

我们回到里克的酒杯……伊尔莎从后门进来。她来向里克解释当初她为什么不能走。她本来以为她的丈夫拉斯罗已经死了，却意外地发现他还活着。她向里克坦白了心迹。里克却鬼迷心窍地骂她是个妓女。眼泪顺着她的脸颊流下来，伊尔莎离开了。

而里克恨透了自己，把头埋在双手间。

通过画面，我们看到里克不得不认真审视自己，就像照镜子一样。他变成了这个样子吗？他以后还会是这样的人吗？

鲍嘉用演技让我们看到了这一点。而在书中，你可以描写主人公的心理活动。关键在于，镜像时刻告诉我们这个故事真正的内涵——在《卡萨布兰卡》中，是关于里克能否找回他的人性。

无论你是计划派还是随性派，尽早通过头脑风暴为你的主人公想出可能的镜像时刻。提出四五种或更多的可能。探索你的潜意识深处，肯定会有其中某个选择跳出来宣布：就是它！你会欣喜地看到你的作品自己在生长。

**对话**。《卡萨布兰卡》的剧本中充满了经典台词。其中最有名的一段是：

路易：大家立即离开这里！这个饭店就要封门，什么时候开门，另行通知！

里克：这是什么意思？你不能封我的门。你凭什么？

路易：我真想不到——想不到这儿竟然在进行赌博！

收付员：（递给路易一卷钞票）先生，这是你赢的钱。

路易：谢谢你。大家马上出去！

我总是说，对话是为初稿增色的最快的方法。在你的作品中试试看。

## 证明转变

在第三幕的结尾，我们终于得到了镜像时刻提出的问题的答案。里克放弃了他深爱的女人。他杀死了司特拉斯少校，让伊尔莎和拉斯罗搭上了飞往里斯本的飞机。

原版戏剧《人人都去里克的酒馆》（*Everybody Comes to Rick's*）的结局略有不同。在戏剧和电影的开头，里克和路易打赌一万法郎，说拉斯罗能够逃跑。在戏剧的结尾，里克用枪指着司特拉斯，直到飞机起飞。但随后他说："我从来没有杀过人。"交出了枪。他立刻就被逮捕了，并被押赴刑场。就在他离开之前，路易问他："你为什么要这样做，里克？"

里克说："是为了钱，路易，为了钱。你欠我一万法郎。"落幕。

这是一个非常好的结局，反英雄里克拒绝求饶，对自我牺牲的行为感到满足。

当然，在电影中，有一个反转。里克杀死了司特拉斯，但是当法国警察出现时，路易让他们去"把往常的那些嫌疑犯都抓起来"。因为老谋深算的路易一直把里克的行为看在眼里，终于受到触动，恢复了自己的人性。他们一起离开，开始了一段"美好的友谊"。

许多成功的作家是先写好结局的。试试看。如果你知道你的镜像时刻是什么，你就会知道结局应该是什么感觉。现在，写一个场景，像《卡萨布兰卡》一样充满情感力量。事实上，即使你后来改变了这个场景，但在朝着结局写作的过程中，你内心油然而生的情感也会为所有的场景增添力量和指明方向。

## 福利篇3：梗概

大多数作家讨厌为他们的小说写梗概。但是如果你要把你的作品交给经纪人，这是必需的。你也可以为你自己写梗概。接下来将讨论这两种情况。

◆ 写梗概

# 写梗概

### 什么是好的梗概?

梗概有一个主要目的,那就是帮助推销你的作品。好的梗概可以激励读者(这里说的读者指的是任何可能的购买者或作者的文学经纪人)继续阅读提案的实际内容。它也可能让他们找你索要一份完整的手稿。一个好的梗概提供了情节信息,告诉读者这个项目有畅销的潜力,然后它的使命就完成了。

一个坏的梗概不仅没有提供上述内容,还有可能起到相反的作用。

例如,梗概不应该包含作者简介,或者作者创作这部小说的动机,这些是简历的内容。

梗概不是推销文案,不应该有这样的内容:

> 对于那些喜欢詹姆斯·帕特森和哈兰·科本的读者来说,这是下一个让你毛骨悚然的大作家!

好的梗概不应该像派对上自鸣得意的傻瓜。它要有礼貌。要为其他人(读者)考虑。读者想要什么?一个令人兴奋的项目。读者想要的不是浮夸的推销话术,而是实实在在的情节总结。

这里有一个技术问题,在长梗概中,所有人物第一次出场时名字使用全大写字母。例如:

> 蒂克·安德森(TICK ANDERSON)是洛杉矶当地的一位新闻主播。
>
> 他的导演丽娜·马格里斯(LEENA MARGOLIS)一直想解雇他。一个周五的下午,蒂克去上班时,丽娜扔给他一份声明,指控

他猥亵了她。

### 梗概要从行动开始、以行动结束，这很重要吗？为什么？

梗概就是所有动作的合集。它用现在时态对主要情节和重要的次要情节做出总结。所以，是的，从行动开始，但你可以在过程中加入关键信息，让它们紧密地交织在一起。例如：

> 巴克·萨维奇（Buck Savage）是一个刚刚离婚不久的消防员，他刚到消防站就接到了报警电话。他正要穿上制服，队长戴夫·艾恩赛德（Dave Ironside）把他叫了进去，告诉他不用去执行任务了。"你对自己和其他人都是个危险。"他说。

现在你可以补充关键的背景故事，但要尽量简短，不要跑题：

> 因为酗酒，巴克离了婚，与十几岁的儿子也疏远了。唯一让他坚持下去的就是他的工作。

### 如何开始一段梗概？

利用"开头的乱子"。这是人物的"日常世界"被打乱的时刻（我还建议这个时刻发生在故事的前几页，最好是第一段）。它可以是一个事件、一条新闻或者即将发生的变化——任何不是每天都会发生的事情。不一定要很"大"，但必须引起人物的注意：

> 多萝西·盖尔是堪萨斯的一个农场女孩，她正带着她的小狗托托往家跑，镇上爱管闲事的喀尔肾小姐在追她们。因为托托在喀尔肾小姐的花园里挖洞，她发誓要弄死这只狗。

> 斯嘉丽·奥哈拉是一个被宠坏了的南方美人，她正在和几个年轻人调情。其中一个说，她爱慕的艾希礼·威尔克斯要和他的表妹玫兰妮·汉密尔顿结婚了。这个消息给斯嘉丽带来了巨大的冲击，她的结婚梦和旧南方式的特权梦受到了威胁。

卢克·天行者是塔图因星球上的一个农场男孩，他正在摆弄一个二手机器人，突然出现了一个全息图像。一个漂亮女孩说："救救我们，欧比旺·克诺比。你是我们唯一的希望！"然后就消失了。

### 对于有很多人物的长篇小说，如何决定讨论哪些人物？

从故事中后退一步，问问自己，如果这是一部电影的情节，你会如何向朋友介绍它？你会强调什么，才不会显得混乱或无聊？事实上，你可以对着录音机大声说出来，然后放给自己听，再做调整。

再强调一遍，记住，这是一份推销文案，目的是让读者去阅读真正的小说。关于广告，有一句老话说得好："卖的是嘶嘶声，而不是牛排。"你不应该讲得太详尽。与小说的技巧相比，梗概是非常有限的。你必须尽可能对自己的想象力进行微调。

有时候，你可以用一个总结段落来说明这是一部人物众多的作品。例如，在一部关于卡斯特（Custer）在小巨角①（Little Bighorn）的最后一战的史诗中，主要人物是卡斯特和一个对手，你可以这样写：

同行的有来自东部的记者帕特里克·哈斯克（Patrick Husk），决心揭露将军的真面目；莫莉·萨凡纳（Molly Savannah）以前是个妓女，现在是陆军部的间谍；12岁的迪伦·麦肯齐（Dylan McKenzie）是鼓手，他的父亲是臭名昭著的逃兵"黑眼"兰道尔·麦肯齐（Randall "Black Eye" McKenzie）；还有老乔（Old Joe），一个参加过墨西哥战争的老兵，卡斯特不知道他有一半拉科塔族血统。每个人物都将使第七骑兵团走向毁灭的道路更加复杂。

### 如何平衡情节点与人物的情感弧线？

简单、直接。

---

① 小巨角河战役，1876年6月25日至26日美军和苏族印第安人之间的战争。卡斯特是美军第七骑兵团的指挥官。——译者注

**情节点：**

一天晚上，巴克被邻居的尖叫声惊醒。她的房子着火了，她的狗被困在里面。他穿着内衣，踉踉跄跄地从床上爬起来，努力摆脱宿醉，冲进房子去救狗。他把狗救了出来，但是自己被严重烧伤了。

**人物弧线：**

在医院里，巴克动弹不得，也没有酒喝，他不得不审视自己一地鸡毛的生活。他的前妻来看望他时，他恳求她的原谅。

梗概的关键在于每一行都要简洁。说你需要说的话，然后继续。

写长梗概时，风格重要吗？如何将书的风格转换为梗概的风格？

梗概是一种工具，可以让读者领会到作品真正的风格。如果你能够传达这种感觉，当然很好。但别做过头。你不想让人觉得你写梗概的主要目的，只是为了显示你是一个多么聪明的梗概作者。你当然可以提供一些线索，甚至加入一两句对话，只要你能保证是精彩的对话。你不想把梗概变成一个创意写作项目。过犹不及。比较下面两个例子：

一位美丽的金发女郎不请自来地走进洛杉矶私人侦探菲利普·马洛的办公室。

很好。这样就可以了。更有风格的写法是这样的：

洛杉矶私人侦探菲利普·马洛办公室的门开了，一位金发女郎走了进来，她的身材足以让一位主教在彩色玻璃窗上踢出一个洞。

有一点点风格也很好。不过只需要一点点。继续讲故事吧。

和小说一样，在梗概中制造紧张感是很重要的。如何制造这种紧张感，让作品在梗概中生动起来？

情节提要应该能够体现紧张感。这是一种微妙的平衡。你不想使用小说家在场景中使用的技巧。那样会拉得很长，把梗概变成叙事。选择合适的文字和合适的场景来强调。

例如,《饥饿游戏》的第13章开头,凯特尼斯·伊夫狄恩正在躲避雨点般落在她身上的火球。这段情节长达五页。你当然希望它出现在梗概当中,但不是逐字逐句地。你只需要说:

> 现在,凯特尼斯必须躲避游戏主办者射向她的致命的火球。她的外套着火了,她吐了,但是她活了下来。

当然,如果一系列动作延伸至好几个章节,你可以多放几个节拍。但是梗概不能与书中的实际场景相比。它不应该这样。不要让它承担太多。

### 作者在写长梗概时最常犯的错误是什么?

失去结构的焦点。有时我会读到一篇梗概,开头很好,然后就开始绕弯子,失去了基本的故事线索。

而且,和小说一样,有时候中间部分会垮掉。我们需要知道,读者为什么要陷入漫长的第二幕。这是关键点。读者会问这样的问题:我为什么要关心发生了什么事?赌注够高吗?有足够的内容填充中间部分的页面吗?

一个好的长梗概应该有三幕剧的感觉。干脆的开头,充实的中段和圆满的结尾。

### 梗概中不应该包括什么?

正如上文说过的,任何与作者的背景、写书的动机、畅销的希望有关的东西,以及谁应该在电影中扮演主角、封面应该是什么样子,等等。换句话说,任何与再现故事无关的东西。

### 写长梗概如何帮助作者思考书稿的真实结构并进行修改?

养成写长梗概的习惯(顺便说一下,作家通常不喜欢这样做)是一个很好的方法，能够帮助你搞清楚你的小说究竟是关于什么的。事实上，英国作家约翰·布莱恩（John Braine）提倡一种写小说的方法。他主张尽快完成一份完整的初稿，然后写一段 2 000 词的梗概。梗概本身也是一份工作文档。在着手写作完整的第二稿之前，你可以根据需要修改梗概，让故事变得更好。

另一种方法是：写一个包含四部分的梗概，每个部分想写多长就写多长。第一部分是第一幕，第二部分是第二幕前半，然后是第二幕后半，最后是第三幕的解决部分。

用这个方法把梗概分成几个部分，可以帮助你聚焦于每个部分的优点和缺点。最后把这些部分组合起来，就能根据需要从整体上进行修改。

作家可以在创作一本小说之前或者之后做这件事。至于通常所谓的随性派（对这些人来说，提前写梗概就像用竹签子钉指甲一样痛苦），还有另一种选择。给你写完的东西做记录。用一两行文字总结每一个场景。完成初稿时，把所有的提要放在一起，你就得到了一份可以用来构建长梗概的原始素材。

## 作者笔记

我希望这本书能够给你的作家生涯提供帮助。如果它真的对你有帮助，请别吝惜在亚马逊网站发表评论。谢谢！

我有一系列写作指导书，讨论了小说的各种成功因素。你可以查看亚马逊上的"贝尔写作系列"页面。

# 詹姆斯·斯科特·贝尔的惊悚小说

## 迈克·罗密欧惊悚系列

《罗密欧的规则》(Romeo's Rules)
《罗密欧的方式》(Romeo's Way)
《罗密欧之锤》(Romeo's Hammer)
《罗密欧之战》(Romeo's Fight)
《罗密欧的立场》(Romeo's Stand)
《罗密欧之城》(Romeo's Town)
《罗密欧之怒》(Romeo's Rage)

  迈克·罗密欧是个了不起的英雄。他聪明、坚强,他的故事很有趣。詹姆斯·斯科特·贝尔在这个系列中达到了他的巅峰。不看完整个故事,你就睡不着觉。

——约翰·吉尔斯特拉普(John Gilstrap),
《纽约时报》畅销书榜图书乔纳森·格雷夫(Jonathan Grave)
系列惊悚小说的作者

## 泰·布坎南(Ty Buchanan)法律惊悚系列

《第一部:死亡边缘》(#1 Try Dying)
《第二部:黑暗边缘》(#2 Try Darkness)
《第三部:恐惧边缘》(#3 Try Fear)

  一半是迈克尔·康纳利,一半是雷蒙德·钱德勒,贝尔擅长写对话,并且让当代洛杉矶跃然纸上。巧妙地策划,完美地执行,可读性极强。在悬疑小说这个竞争激烈的领域中，贝尔在顶尖作家中占有一席之地。

——谢尔顿·西格尔（Sheldon Siegel），
《纽约时报》畅销书榜作家

### 独立惊悚小说

《你的儿子还活着》（Your Son Is Alive）

《失散已久》（Long Lost）

《不再说谎》（No More Lies）

《盲目的正义》（Blind Justice）

《别离开我》（Don't Leave Me）

《最后的目击者》（Final Witness）

《最后一通电话》（Last Call）

《陷害》（Framed）

### 姬特·香农（Kit Shannon）历史法律惊悚系列

《第一部：天使之城》（Book 1 - City of Angels）

《第二部：天使飞行》（Book 2 - Angels Flight）

《第三部：慈悲天使》（Book 3 - Angel of Mercy）

《第四部：更大的荣耀》（Book 4 - A Greater Glory）

《第五部：更高的正义》（Book 5 - A Higher Justice）

《第六部：确定的事实》（Book 6 - A Certain Truth）

1903年，姬特·香农挺着胸膛、怀着信仰来到洛杉矶，感觉自己受到特殊的召唤，要从事法律工作……充满了真诚、深刻和真实的人物……极致的紧张和悬念……一个划时代的系列！

——《图书馆评论》（Library Review）

## 马洛里·凯恩（Mallory Caine）僵尸法律系列

你没看错。一个新的体裁。一半是约翰·格里森姆（John Grisham），一半是雷蒙德·钱德勒——只不过主人公律师是个死人。僵尸律师马洛里·凯恩为其他律师都不敢碰的生物辩护……同时渴望找回自己的真实生活。

《付我血肉》（*Pay Me In Flesh*）

《危险饮食年》（*The Year of Eating Dangerously*）

《我吃了警长》（*I Ate The Sheriff*）

# 创意写作书系

这是一套广受读者喜爱的写作丛书,系统引进国外创意写作成果,推动本土化发展。它为读者提供了一把通往作家之路的钥匙,帮助读者克服写作障碍,学习写作技巧,规划写作生涯。从开始写,到写得更好,都可以使用这套书。

| 综合写作 | | |
|---|---|---|
| 书名 | 作者 | 出版时间 |
| **成为作家(纪念版)** | 多萝西娅·布兰德 | 2024 年 4 月 |
| **作家笔记** | 阿德里安娜·扬 | 2024 年 1 月 |
| **一年通往作家路——提高写作技巧的 12 堂课** | 苏珊·M. 蒂贝尔吉安 | 2013 年 5 月 |
| 创意写作大师课 | 于尔根·沃尔夫 | 2013 年 6 月 |
| 渴望写作——创意写作的五把钥匙 | 格雷姆·哈珀 | 2015 年 1 月 |
| 文学的世界 | 刁克利 | 2022 年 12 月 |
| 从创意到畅销书——修改与自我编辑 | 詹姆斯·斯科特·贝尔 | 2016 年 1 月 |
| **虚构写作** | | |
| 小说写作教程——虚构文学速成全攻略 | 杰里·克里弗 | 2011 年 1 月 |
| 开始写吧!——虚构文学创作 | 雪莉·艾利斯 | 2011 年 1 月 |
| 冲突与悬念——小说创作的要素 | 詹姆斯·斯科特·贝尔 | 2014 年 6 月 |
| 视角 | 莉萨·蔡德纳 | 2023 年 6 月 |
| 悬念——教你写出扣人心弦的故事 | 简·K. 克莱兰 | 2023 年 6 月 |
| 情节与人物——找到伟大小说的平衡点 | 杰夫·格尔克 | 2014 年 6 月 |
| 人物与视角——小说创作的要素 | 奥森·斯科特·卡德 | 2019 年 3 月 |
| 情节线——通过悬念、故事策略与结构吸引你的读者 | 简·K. 克莱兰 | 2022 年 1 月 |
| 经典人物原型 45 种——创造独特角色的神话模型(第三版) | 维多利亚·林恩·施密特 | 2014 年 6 月 |
| 经典情节 20 种(第二版) | 罗纳德·B. 托比亚斯 | 2015 年 4 月 |
| 情节!情节!——通过人物、悬念与冲突赋予故事生命力 | 诺亚·卢克曼 | 2012 年 7 月 |
| 如何创作炫人耳目的对话 | 詹姆斯·斯科特·贝尔 | 2016 年 11 月 |
| 如何创作令人难忘的结局 | 詹姆斯·斯科特·贝尔 | 2023 年 5 月 |
| 超级结构——解锁故事能量的钥匙 | 詹姆斯·斯科特·贝尔 | 2019 年 6 月 |
| 小说写作工具箱——125 招助你写出爆款故事 | 詹姆斯·斯科特·贝尔 | 2024 年 6 月 |
| 故事工程——掌握成功写作的六大核心技能 | 拉里·布鲁克斯 | 2014 年 6 月 |
| 故事力学——掌握故事创作的内在动力 | 拉里·布鲁克斯 | 2016 年 3 月 |
| **畅销书写作技巧** | 德怀特·V. 斯温 | 2013 年 1 月 |
| 30 天写小说 | 克里斯·巴蒂 | 2013 年 5 月 |
| 从生活到小说(第二版) | 罗宾·赫姆利 | 2018 年 1 月 |

| 如果,怎样?——给虚构作家的109个写作练习(第三版) | 安妮·伯奈斯 帕梅拉·佩因特 | 2023年6月 |
|---|---|---|
| 501个创意写作练习——每天5分钟,激发你的创造力 | 塔恩·威尔森 | 2023年8月 |
| 小说写作完全手册 | 《作家文摘》编辑部 | 2024年4月 |
| 写小说的艺术 | 安德鲁·考恩 | 2015年10月 |
| 成为小说家 | 约翰·加德纳 | 2016年11月 |
| 小说的艺术 | 约翰·加德纳 | 2021年7月 |
| 非虚构写作 | | |
| **开始写吧!——非虚构文学创作** | 雪莉·艾利斯 | 2011年1月 |
| **写作法宝——非虚构写作指南** | 威廉·津瑟 | 2013年9月 |
| **故事技巧——叙事性非虚构文学写作指南(第二版)** | 杰克·哈特 | 2023年3月 |
| 自我与面具——回忆录写作的艺术 | 玛丽·卡尔 | 2017年10月 |
| 写我人生诗 | 塞琪·科恩 | 2014年10月 |
| 类型及影视写作 | | |
| 金牌编剧——美剧编剧访谈录 | 克里斯蒂娜·卡拉斯 | 2022年1月 |
| 开始写吧!——影视剧本创作 | 雪莉·艾利斯 | 2012年7月 |
| 开始写吧!——科幻、奇幻、惊悚小说创作 | 劳丽·拉姆森 | 2016年1月 |
| 开始写吧!——推理小说创作 | 劳丽·拉姆森 | 2016年7月 |
| 弗雷的小说写作坊——悬疑小说创作指导 | 詹姆斯·N.弗雷 | 2015年10月 |
| 游戏故事写作 | 迈克尔·布劳特 | 2023年8月 |
| 剧本杀——玩法与写法 | 许道军 等 | 2024年6月 |
| 好剧本如何讲故事 | 罗伯·托宾 | 2015年3月 |
| 经典电影如何讲故事 | 许道军 | 2021年5月 |
| 童书写作指南 | 玛丽·科尔 | 2018年7月 |
| 网络文学创作原理 | 王祥 | 2015年4月 |
| 写作教学 | | |
| 剑桥创意写作导论 | 大卫·莫利 | 2022年7月 |
| **小说写作——叙事技巧指南(第十版)** | 珍妮特·伯罗薇 | 2021年6月 |
| 你的写作教练(第二版) | 于尔根·沃尔夫 | 2014年1月 |
| 创意写作教学——实用方法50例 | 伊莱恩·沃尔克 | 2014年3月 |
| 创意写作思维训练 | 丁伯慧 | 2022年6月 |
| 故事工坊(修订版) | 许道军 | 2022年1月 |
| 大学创意写作·文学写作篇 | 葛红兵 许道军 | 2017年4月 |
| 大学创意写作·应用写作篇 | 葛红兵 许道军 | 2017年10月 |
| 小说创作技能拓展 | 陈鸣 | 2016年4月 |
| 青少年写作 | | |
| 奇妙的创意写作——让你的故事和诗飞起来 | 卡伦·本基 | 2019年3月 |
| 有个性的写作(人物篇+景物篇) | 丁丁老师 | 2022年10月 |
| 成为小作家 | 李君 | 2020年12月 |
| 写作魔法书——让故事飞起来 | 加尔·卡尔森·莱文 | 2014年6月 |
| 写作魔法书——28个创意写作练习,让你玩转写作(修订版) | 白铅笔 | 2019年6月 |
| 写作大冒险——惊喜不断的创作之旅 | 凯伦·本克 | 2018年10月 |
| 小作家手册——故事在身边 | 维多利亚·汉利 | 2019年2月 |
| 北大附中创意写作课 | 李韧 | 2020年1月 |
| 北大附中说理写作课 | 李亦辰 | 2019年12月 |

# 创意写作课程平台

从入门到进阶多种选择，写作路上助你一臂之力

扫二维码随时了解课程信息

"创意写作课程平台"由中国人民大学出版社"创意写作书系"编辑团队精心打造，历经十余年积累，依托"创意写作书系"海量素材，邀请国内外优秀写作导师不断研发而成。这里既有丰富的资源分享和专业的写作指导，也有你写作路上的同伴，曾帮助上万名写作者提升写作技能，完成从选题到作品的进阶。

## 写作训练营，持续招募中

- **叶伟民故事写作营**

  高人气写作导师叶伟民的项目制写作训练营。导师直播课，直击写作难点痛点，解决根本问题。班主任 Office Hour，及时答疑解惑，阅读与写作有问必答。三级作业点评机制，导师、班主任、编辑针对性点评，帮助突破自身创作瓶颈。

- **开始写吧！——21 天疯狂写作营**

  依托"创意写作书系"海量练习技巧，聚焦习惯养成、人物塑造、情节设置等练习方向，21 天不间断写作打卡，班主任全程引导练习，更有特邀嘉宾做客直播间传授写作经验。

## 精品写作课，陆续更新中

- **小说写作四讲**

  精美视频 + 英文原声 + 中文字幕

  全美最受欢迎的高校写作教材《小说写作》作者珍妮特·伯罗薇亲授，原汁原味的美式写作课，涵盖场景、视角、结构、修改四大关键要素，搞定写作核心问题。

- **从零开始写故事**

  高人气写作导师叶伟民系统讲解故事写作的底层逻辑和通用方法，30 讲视频课程帮你提高写作技能，创作爆品故事。

# 精品写作课

## 作家的诞生——12位殿堂级作家的写作课

中国人民大学习克利教授10余年研究成果倾力呈现，横跨2800年人类文学史，走近12位殿堂级写作大师，向经典作家学写作，人人都能成为作家。

荷马：作家第一课，如何处理作品里的时间？
但丁：游历于地狱、炼狱和天堂，如何构建文学的空间？
莎士比亚：如何从小镇少年成长为伟大的作家？
华兹华斯和弗罗斯特：自然与作家如何相互成就？
勃朗特姐妹：怎样利用有限的素材写作？
马克·吐温：作家如何守望故乡，如何珍藏童年，如何书写一个民族的性格和成长？
亨利·詹姆斯：写作与生活的距离，作家要在多大程度上妥协甚至牺牲个人生活？
菲兹杰拉德：作家与时代、与笔下人物之间的关系？
劳伦斯：享有身后名，又不断被诋毁、误解和利用，个人如何表达时代的伤痛？
毛姆：出版商的宠儿，却得不到批评家的肯定。选择经典还是畅销？

## 一个故事的诞生——22堂创意思维写作课

郝景芳和创意写作大师们的写作课，国内外知名作家、写作导师多年创意写作授课经验提炼而成，汇集各路写作大师的写作法宝。它将告诉你，如何从一个种子想法开始，完成一个真正的故事，并让读者沉浸其中，无法自拔。

郝景芳：故事是我们更好地去生活、去理解生活的必需。
故事诞生第一步：激发故事创意的头脑风暴练习。
故事诞生第二步：让你的故事立起来。
故事诞生第三步：用九个句子描述你的故事。
故事诞生第四步：屡试不爽的故事写作法宝。

POWER UP YOUR FICTION: 125 Tips and Techniques for Next-Level Writing by James Scott Bell

Copyright © 2023 by James Scott Bell

Simplified Chinese translation copyright 2024 © CHINA RENMIN UNIVERSITY PRESS Co., Ltd.

Published by arrangement with Donald Maass Literary Agency, through The Grayhawk Agency Ltd.

All Rights Reserved.

图书在版编目（CIP）数据

小说写作工具箱：125招助你写出爆款故事／（美）詹姆斯·斯科特·贝尔（James Scott Bell）著；唐奇译．－－北京：中国人民大学出版社，2024.6
（创意写作书系）
ISBN 978-7-300-32814-0

Ⅰ.①小… Ⅱ.①詹… ②唐… Ⅲ.①小说创作－创作方法 Ⅳ.①I054

中国国家版本馆CIP数据核字（2024）第103989号

创意写作书系
**小说写作工具箱**
125招助你写出爆款故事
［美］詹姆斯·斯科特·贝尔　著
唐奇　译
Xiaoshuo Xiezuo Gongjuxiang

| | |
|---|---|
| 出版发行 | 中国人民大学出版社 |
| 社　　址 | 北京中关村大街31号　邮政编码　100080 |
| 电　　话 | 010-62511242（总编室）　010-62511770（质管部） |
| | 010-82501766（邮购部）　010-62514148（门市部） |
| | 010-62515195（发行公司）　010-62515275（盗版举报） |
| 网　　址 | http://www.crup.com.cn |
| 经　　销 | 新华书店 |
| 印　　刷 | 天津中印联印务有限公司 |
| 开　　本 | 720 mm×1000 mm　1/16　版　次　2024年6月第1版 |
| 印　　张 | 14.75 插页1　印　次　2024年6月第1次印刷 |
| 字　　数 | 191 000　定　价　59.00元 |

版权所有　侵权必究　印装差错　负责调换